新兵

北乔 著

中国文史出版社

第一章

吴加林高中毕业后，找不到工作，被一脚踢进待业青年的队伍，倒也自在，不愁吃不愁穿。可父亲不愿意，非要他当兵，说当兵两年回来可以安排工作捧个饭碗。天天说，说得他都不想进家门了。

冲突，是在他从舞厅回家时爆发的。

时间夜里十一点。

他掌握了老爸的规律，晚上回来后，喝上三四两酒倒头就睡，天塌下来也醒不来。这是他开心玩的最佳时机。老爸打呼噜，他出发，反正妈妈管不住他，也不敢告状，一说，就得爆发战争。妈妈不但不说，还时常给他留门，尽管知道他带着钥匙。

门虚掩着，闪进去刚关上，屋里的灯亮了，老爸披着衣服坐在桌边。

野累了，知道回来睡觉了！老爸口气出奇地平和。

爸，早点睡吧，他想进自己的房间。

老爸低声叫道，站住，我和你说点事儿。

躲不掉，不敢坐，软软地站着。

都毕业几个月了，有什么打算没有？

等分配呗！

现在到处都下岗，还等分配，你就不动动脑子，爹妈能养你一辈子？别做梦。

我又没什么背景，动脑子也是白搭。

别把责任往我身上推，我是个小工人不错，可人家小工人的孩子比你有出息的多着呢！现在有条路，等着你走。

什么路？

当兵。

当兵，干什么？

你这个榆木脑袋，部队干两年，回来安排工作，上头有这政策。

冲着这去当兵，说不过去吧？

你也会讲大道理，在我印象里，你的觉悟没这么高吧？

人总是会变的嘛。

蒙起我来了，这兵，你得去当。

我不去。

你敢？！

你这是把我往火坑里推，我是你的儿耶。

部队是大熔炉，最能锻炼你这号人。

部队的伙食差，我吃不下。

你要不去当兵，以后连填肚子的份儿都没有。

听人说，部队太苦了。

苦怎么了？你们这代人，缺的就是吃苦，吃点苦，能让你长得结实些。

我不去！

不去？报名表，我都给你拿回来了，不去也得去。

说不去，就不去。

不去，我打断你的腿。老爸拍桌而起，披着的衣服落在地上。

一直躲在里屋的母亲忍不下去，一路小跑过来替丈夫披上衣服，都几十岁的人了，咋还有这么大的火气？

都是你给宠的，不争气的东西，身上一根骨头都没有了。

有话爷儿俩好好说，这深更半夜的，让邻居听到多难为情。

这样下去，咱家的脸都要丢光了，你跟他说，他要不当兵，我就没这个儿子。

最终，还是没拗过老爸。一个在单位干最底层的活儿，见谁都点头弯腰的小工人，到了家，摇身一变成了顶天立地的男子汉。吴加林扛不过，只好来当兵。

临行时，几个小哥儿们为他送行，对他的一身警服垂涎欲滴，都说还是当兵够劲。他叫苦不迭，可没人信他的，总笑他故弄玄虚。没办法，只好一杯一杯地喝啤酒，喝多了，趴在桌上大哭不已。小哥儿们七手八脚地把他送回家，他躺在床上先是吐，后是骂。老爸这回倒不发火了，笑了笑说，骂得痛快，可骂完了，你这兵还得好好给我当。

美美的一觉，又香又甜。

离家前的最后一夜，居然能无梦到天亮。

唐志刚有些意外。

报名、体检、政审、等通知，每一关，都是一道坎。每过一道坎，父母都轻舒一口气。入伍通知书进了门，父亲吆喝着要好好弄几杯，说是这当儿的酒够味带劲。母亲做起菜出奇地活络。没想到，到了第二天，父亲开始喝闷酒，死抽烟，泪水总是在母亲的眼里打转。

这种大起大落的变化，唐志刚受不了。当兵是好事，唐志刚一直是铁着心的。他对自己也有信心，没报名，就算准了自己的路，说不兴奋，那是假的。不过，他想得更多的是这兵该怎么当。现在，他琢磨得最多的却是父母咋变得这么快，变得如此不可理喻。

唐志刚到了乡里才知道，全乡就两个验上了武警。他和贾海涛。贾海涛，唐志刚认识。实际上，岂止是认识，同年级不同班，曾因足球比赛大打出手，结成了死对头。见面，不是瞪眼，就是捋袖子。今天没有，俩人对视的眼色很平和，只是隐隐有些惊讶。

透过车窗，唐志刚瞅见母亲不停抹眼泪，父亲僵在那儿，目光直直如杵，机械地、狠命地抽着烟。这种低沉，似乎还有点悲壮的场面，唐志刚吃不消。哥哥大学毕业后，三年才回来一趟。工作的地方比他当兵的地方远多了，条件差得更是没法比，可父母亲每回送哥哥走时，都一直笑嘻嘻的。

怎么送我去当兵，就这么痛苦？唐志刚想不通。绿挎包里的鸡蛋热烘烘的，贴在屁股上不舒服，唐志刚把挎包挪到了前头。

车子开动了，挣脱了温情的目光，载满家乡父老的希望和那特有的泥土味。从此，思念的种子，植入心田。

一声刺耳的鸣笛声，蛮横地撞击耳膜，唐志刚禁不住一阵战栗。随着车子的晃悠，他的眼前浮现出一组奇特的画面——

张开的剪刀，啼哭的婴儿，长长的脐带。咔嚓！剪刀剪断了脐带。婴儿哭得更凶。

刚下车，一少校的口令把像放羊的新兵拽成了队列。少校捧着花名册，点一个交给一名班长，颇有点瓜分的味道。班长带刺的目光，把属于自己的新兵上上下下肆无忌惮、略带得意地剜上一番。

各班带回！班长们闻声领着自己的新兵往班里去。

唐志刚、贾海涛和陶有财被分在七班，七班长叫啥不知道，长得还可以。贾海涛对班长的第一印象不赖，但不知道班长会给他打几分。来，我帮你，班长话音没落，已将贾海涛左手拎着的包夺了过去。贾海涛是不想麻烦班长的，但他根本没有拒绝的机会。看来，班长这人有一手。

班长的个头比贾海涛矮很多，可贾海涛跟在后头，有种被牵着的感觉。到了营区，东南西北还没捞到辨认一下，地道的睁眼瞎，只能一步不离地跟着。这似乎还不是主要的，贾海涛隐约之中感到班长对他有股引力，让他无法挣脱。既然这样了，也只有被牵的分儿。

背着背包兴奋而又茫然地走进一个陌生的只知道称之为七班的宿舍，贾海涛浑身像被掏空了似的。扭头看看唐志刚，暴露出沙漠般的表情，游丝似的目光散发着呆滞。唐志刚低着头，眼睛只盯着脚尖前一米多的地方。

班长走上前拍拍贾海涛的右肩膀，发力恰到好处。厚实的手掌蓄着一股柔情，虽然隔着厚厚的棉衣，贾海涛依然能够感受到。这回扭头，是班长温暖的眼神和温暖的表情。戈壁滩上突然跃出一片绿洲。贾海涛的眼前，突现这样一幅奇怪而又亲切的画面。

他以为班长会开口说些什么，一句半句的问候抑或下个什么指令。拍拍肩膀，一般都是语言的前奏嘛。班长没说，而是随意地帮他取下了背包轻轻地摆在床上。动作轻柔温馨，好像一个浪迹天涯的游子迈进家门，那白发苍苍的母亲帮着儿子取下行李一般。班长人走开了，可动作却在贾海涛心里定格，并骚涌起满腹亲情。

轻轻的一拍，清甜的泉水流进了贾海涛干渴的心灵。自那以后，他常常回味。三个月的新训生活，两年的军旅生活，直至离开部队后的年年岁岁，他时常想起，一位叫夏奇寒的班长在他刚进警营给他的一拍。简单的动作，被他珍藏了一生，享用了一生。

唐志刚没有体验到这种感觉。

唐志刚毕恭毕敬地站着，等待着那一神圣幸福时刻的到来。贾海涛这时是一种什么样的感觉呢？舒服？紧张？还是舒服紧张的混合物呢？我会怎样呢？想都没想够，夏奇寒抽身离开了。穿戴完毕等着上轿子，一顶大红的轿子在吹吹打打的声音里已到了门前，可又走了！新娘是啥滋味，唐志刚心里就是啥滋味，虽然他没当过新娘，这辈子也没机会当新娘，但他认定他的心情和这新娘的心情一模一样，是新娘心情的克隆。

你就睡这张床，班长手一指最里头左边的上铺。

这位置贾海涛不喜欢。但班长的口气明显没有一点商量的余地，只能作罢。要是在以前，贾海涛不会迁就自己的。现在不同了，是个当兵的，服从第一。再说了，就这点小事和班长讨价还价，还不落个狗肚鸡肠的坏名声，不值！

唐志刚看着贾海涛一脸的不快，心里舒服多了，心想，怎么样？给你一点温柔，紧接着再给你个下马威，不好受吧！

陶有财放下背包，找了个上厕所的借口，在营区内一溜小跑积聚对新兵大队初步的整体印象。这很重要，他认为是这样。

梦中透熟的一切，硬生生地横在眼前，倒变得十分陌生。

陶有财立在新兵大队的操场上，怎么也找不到往日想象之中的那份感觉。一种激情走向衰竭的同时，另一种激情又在滋生。四面的山，并不高，然而却能阻隔一切，甚至包括心灵的放飞。其实没有山，没有营区周围的围墙，一切也会如此。部队嘛，铁的纪律，虽是无形，但强过了看着就力量无限的锁链。也许“锁链”这词用得并不确切，管他呢！闷在肚子里，不说出口，谁也不会知道。

陶有财没敢傻待在操场上，他得赶紧撤。这地方太惹眼，班里，唯有班里才是安全地带。新兵，到部队才半小时的新兵，得注意影响。况且，他已经很放肆了。操场是他侦察线路的终点。

陶有财带着满足的心情回到班里。班长一拍脑门，你看我，真大意。你刚来，一切都不熟悉。要是我带你去厕所，至少告诉你方向位置，也不至于害你找了这么一大会儿。对了，贾海涛也上了厕所，你见到了吗？班长是好心，陶有财却不领情，心想，让你带，我的侦察计划不全泡汤了，就是真去撒尿，你瞅着，我再怎么也尿不出来，饶了我吧。再一想，心里又有了些小激动，这班长人挺好，倒让他为自己的谎话有点不忍。其实他这点小九九瞒不了班长，班长是什么人，他也是从新兵过来的，新兵一到部队，有什么小脑筋小动作他心里亮得很，只是不捅破而已。

班长一拉陶有财，来擦把脸，坐了这么久的车，得休息休息！

陶有财这才发现，桌上有一盆水。他也没客气，从包里掏出毛巾就洗。水不冷不热，刚刚好。这班长真像个大哥哥，心也挺细的，陶有财心里热乎乎的。

唐志刚解开被包将床铺好后说，班长，趁这空儿教我叠被子吧。

班长面露喜色，开始教唐志刚如何叠被子，边教边和唐志刚拉起家常。唐志刚知道班长叫夏奇寒，第四年度兵，比自己大三岁。夏奇寒，这名字有点怪。夏天了，怎么还奇寒？唐志刚认定这名字有名堂，很想知道其中的故事，但他不会问，多嘴多舌，总会让人觉得轻浮。唐志刚一向话少。当然，他和自己说话，可能比谁都多，那是另一码子事。问了干啥，他想说，你不问，他照说，不想说的，你问了也是白搭。从头到尾，唐志刚除了简单地回答夏奇寒的问话外，总是竖着耳朵倾听夏奇寒的一字一句。做一个老实的听众，比说什么都强。夏奇寒把叠好的被子一拉，你叠叠看，说完，闪到了一边，让唐志刚体会体会。先前，电视里兵的被子像豆腐块，有棱有角如同刀削的，挺神秘的。看夏奇寒轻轻松松地折折叠叠，没什么难的，唐志刚心想，神秘个鬼呀，知道了门道，也就是个小来来。没想到被子到了手上，就不是那么回事了，怎么摆弄都成不了形。急得满头是汗，也是白忙乎。夏奇寒笑笑，别小看这叠被子，非一日之功可成的，里面的头绪多着呢，甭心急，慢慢来。这话让唐志刚有些脸红，心跳也陡然加快。他开始意识到，部队里的玩意儿，样样都不可小看。就说这叠被子吧，会的不难，不会的，岂止是难，高深着呢！

一阵哨音传来，唐志刚腾地往门外跑，哨声就是命令，这话他没当兵就已听说了。贾海涛傻愣着，陶有财坐在那儿一动不动。

夏奇寒一把拦住唐志刚，没你的事，一长一短，战士不管，这是班长集合。

陶有财和贾海涛冲着唐志刚乐，唐志刚脸羞得通红，一屁股坐在床上。床很硬，不像家里的席梦思，弹性十足。一块木板，一条棕垫、一条薄薄垫被，再上面就是床单了。这样构造的床，自然是硬。

陶有财见班长集合去了，又溜出了班。贾海涛一声不吭地坐在床边，像是在想什么，又好似什么也没想。

唐志刚问道，你傻想什么呢？

班长刚才拍我的肩了，感觉真好，贾海涛是当作一件顶大的事，十分郑重地说道。内心的激情，泛在脸上，灿烂着呢！

唐志刚眼一闭嘴一撇，屁话，我看你是属于那种神经病高度敏感的人。

高度敏感有什么不好？贾海涛颇为得意地晃晃脑袋，调查细微之势，体味毫末情绪，好着呢！爽着呢！

唐志刚睁开眼双目倏地发光，你知道神经高度敏感还有另外一种说法吗？

不知道！

想知道吗？

贾海涛一捅唐志刚胳肢窝，卖啥关子？

真想知道？！唐志刚躲开了贾海涛袭来的手指，是你让我说的哟。

瞧你，这回轮到贾海涛嘴一撇，黏黏糊糊的，娘们儿似的，亏你还是个站着尿尿的男人。

唐志刚做出了随时逃跑的姿势，神经高度敏感，换句话说就是神经有毛病——神经病——精神病。

语音没落，唐志刚已跃出好几步，反应过来的贾海涛一个虎扑，也没抓着。真想追，凭贾海涛的脚功不成问题。在学校两人同在足球场上竞技，贾海涛是唐志刚的克星。抢球、断球，仗着速度围追堵截，贾海涛那脚下生风的功夫，堪称一绝。气喘吁吁的唐志刚瞪着贾海涛的双腿心里直发颤，一个劲儿暗骂自己的爹娘没给他生出如此这般的快腿。

贾海涛折回来，又坐在那儿，不知在想什么。

唐志刚觉得应该抓住这一难得的机会，干点想干而班长在时又不好干的事。花了不少时间，想了不少事，这些事都很想做，但又都被自己否定了。什么原因，自己也没能理个明白。想来想去，还是回到了起点。唐志刚不想了。床硬，坐着不舒服，连手都不知该放在哪儿。一不经意，不知该放哪儿的手触到了被子。还是练练叠被子吧，唐志刚开始细心地琢磨叠被子的技巧。首要的是尺寸要量好，哪儿该折，哪儿该叠，都得算准，要不然，不是这儿长，就是那边不对称。这活不好弄。唐志刚折腾来折腾去，愣是没满意的时候。后来，他想到了一个绝好的主意。等班长来，再让他示范一次，而后在折痕处用钢笔（圆珠笔也行）做个记号，多省事。有了这法子，唐志刚又把被子窝在床上，不去伺候了。坐坐吧，的确是有点累。要在家里，他早躺下了，四平八稳。这儿不行，这儿是新兵大队，谁知道班长啥时候闯进来。坐也不是个事儿，出去溜溜，更不行。转得不好，撞见了干部领导，怎么办？一个新兵，在营区里闲逛，成什么样子。总得找点事儿，要不然不把自己烦死才怪。对了，考虑给哪些亲朋好友写信，写些什么内容，打个腹稿，省得铺开信纸时无从下笔。这地方的通信地址是什么，唐志刚不知道，在班长教他叠被子时，他是想问的，但话还没出口，硬是自己主动逼了回去。这样的话，他没法子让自己张口，倒不是出于会给班长留下什么印象的担心，只是觉得不好问而已。

一只蚊子从贾海涛眼前飞过，降落在床架上。都快冬天了，这蚊子还没死，难得！贾海涛一巴掌下去，震得床哗哗响。掌心上有点血，蚊子成了肉酱。感觉不错。贾海涛起身在屋子里搜索，希望再有个蚊子闯进他的视线。没有，这让他多少有点失望。就这么一只蚊子，从哪儿来的，要到哪儿去，没法知道。知道了又能怎样，蚊子早已魂飞魄散。

贾海涛木木地走出宿舍。

唐志刚的思路被贾海涛的声响打断片刻后又回到了写信上，先给谁写，写什么；后给谁写，写什么，没想出个头绪，倒生出些厌烦。这写信有什么准备工作要做的，不想了。唐志刚又把叠成花卷般的被子摊开，一个细节一个细节地研究着叠被的技法。几个来回下来，手掌心渗出汗，额头上也是湿漉漉的。唐志刚干脆脱去上衣，甩开膀子和被子较上了劲。

唐志刚不信邪！

他这双手，抡过铁锤，砸在哪儿，都地动山摇。乒乓球拍也抓过，以柔克刚，以刚制柔，怎么来都得心应手。在家包水饺，他的动作快，质量也挺高。这是一双自己自豪、别人心动的手。这是以前，现在惨了，温柔至无限，力坚如钢杵，都不能制服被子。唐志刚每次叠好后，都手掐着腰，歪着头细瞧不成形的被子，转过脸痴痴看靠在门口夏奇寒的被子，做一个比较。其实，不用比较。不在一个档次上，没法比。

夏奇寒进门时，唐志刚正忙得不可开交。他左膝盖压在被子上，两手拼死地拽，死命抹。被子刚折三叠，尚处于第一道工序。

这一回，夏奇寒这个班长的形象真不咋的。

他一手提着一个大旅行包，头垂腰弓，两腿直打晃。身后跟着一高一矮两个新兵。高个子长得结实，两道剑眉，一双大眼，浑身的肌肉虽藏在秋衣内，却给人一种喷射的感觉，手里拎着背包，跟拿着个挎包似的。小个子长得白白净净，那只密码箱谁见了，都会让目光锁定。正宗的高级货，只能配他，换了旁人，一定有碍视觉之美。倒是身上不戴衔的警服和背上的背包相形见绌。他这副行头，应该是一身西服。

来，来，我来介绍一下，夏奇寒显然有点如释重负。

两新兵一听这话，站得笔直。能让班长介绍的人，一定得尊重。

唐志刚的注意力聚在被子上，一时还没反应过来。俩新兵更是站得笔直，心里却在想，乖乖，这人就是派头，把班长的话当耳边风，指不定还是干部呢！

夏奇寒一指唐志刚，唐志刚。

班长好！高个子嗡嗡地发出一声。

矮个子知道自己的声音盖不过高个子，他打了个时间差。高个子的话音遁去之后，他一个靠脚立正，行了个举手礼——刚学的，动作不标准，力量倒是很到位——脆生生地问候道：首长好！

唐志刚吓了一跳，慌忙之中，头撞在了上铺的床板上，轰的一声。顾不上了，迅速站好，大声叫道：首长好！谁来了，来的谁。除了夏奇寒，他不知道其他是些什么人。

哈，哈哈，夏奇寒纵声大笑。

你们也太客气了，有意思，有意思，夏奇寒看看这三个新兵，脸上的肌肉严重变形，哈哈，真是有意思。

三个新兵尚在迷糊之中。

夏奇寒知道，这场误会来自唐志刚脱去了警服上衣，来的俩新兵不知道底细。不过，他不会点破。对他来说，真正有意思的，就在这儿。

章大强、吴加林，夏奇寒用目光代替手指点完高个子再戳矮个子，好了，以后大家都在一个班，其他情况，你们自己慢慢摸吧，我不多说了。

眼尖的是吴加林，唐志刚床架上的警服让他明白了夏奇寒纵声大笑的原因。随后，章大强也从唐志刚一身皱巴巴的新衣服上找出了新兵的印记。俩人都没明说，但心里都有数了。

夏奇寒给章大强、吴加林指定完床位后，转身要走。留点时间给三个新兵，让他们彼此熟悉熟悉，这时候他要待着，只会妨碍他们的交流。

班长，章大强叫住了夏奇寒，咱这儿的通信地址是什么？

夏奇寒没正面回答，只是说，到一楼楼梯左转，那儿有个收发室，买几张信封就知道了，那上面全有。说完，他径直走了。又有一批新兵快进营门了，他得赶紧迎接去。

妈妈的，累死了，吴加林一扔背包，直接把自己撂倒在床上。

章大强旁若无人地坐在窗子边，在宿舍里唯一的一张桌子上铺开信纸，开始写信。来时，他答应过不少人，到了部队就给他们写信。后来，他算了算，至少得写二十六封。

唐志刚本想和他们说话的，一看这形势，各有各的事，没有交谈的气氛，只好收回冲动，继续研究他的被子。

贾海涛进门，见多了两名战友，打了个招呼，就坐在唐志刚床头瞧唐志刚折腾被子。随后而来的陶有财喜出望外，人多了，就热闹了。他乐滋滋地说这说那，既像是在和别人闲聊，又似在自言自语。

章大强呢？夏奇寒回来见班里少了个人问道。他身后又跟着两个新兵，本是要介绍一番再指定床铺的，现在事情有了变化，他也就抓大放小了。

陶有财懒洋洋地答道，打电话去了。

上哪儿打了？

不知道！

不知道？

不知道！

没手机，咱还是有办法的，门外不远的小卖部就有公用电话。章大强人没进门就开始数落起来。

每个兵进班后，夏奇寒就让交出手机，说是暂时保管几天。还说，谁都别找理由要手机。别开口，别自找难堪。

陶有财没敢回答，他发觉班长夏奇寒的脸色有点不对。

班长回来了，章大强打了个招呼，一屁股坐了下来。他没忘写信的事。

章大强！夏奇寒的口气不温不火，上哪儿去了？

打电话，章大强没在意这一茬。

站起来回答我的问题，夏奇寒口气明显硬了，上哪儿去了？

不好，班长生气了，章大强赶紧站起来，打电话去了。

上哪儿打的？

门外的公用电话。

为什么不请假？

请什么假？章大强满脸疑惑，他是真不知道。

出去，就得请假。

我没走远，就在大门边。

没走远？出营门就得请假，夏奇寒顿了一下，就是离开班里一步，也要告诉我一下，上哪儿去，干什么。

夏奇寒本想好好发发脾气的，但一想，新兵刚来自己没有交待，有错。当然，纵然自己再有错，这样的机会，他是不会轻易放过的。不假外出在部队是大忌，不给他们迎头一棒，心里头留不下多少记忆。

严肃愠怒的夏奇寒和刚才笑得那样夸张的夏奇寒，判若两人，班里的气氛一下子变了。

陶有财一骨碌从床上起来下地，站得板板正正。

唐志刚也停下了叠被子的动作，怔怔地看着夏奇寒。

章大强低着头，盯着自己那双四十四码解放鞋的鞋头。鞋子是什么颜色的，他不知道，班长的脸是什么颜色他不看也能猜得到。

一切似乎都凝固了。

不知从哪儿又钻出一只蚊子，嗡嗡的声音在班里膨胀，一阵烦躁的声音过后，贾海涛感到左脸颊有点痛的感觉。他没动，没有置蚊子于死地的动作，甚至连想法都没有。

这该死的蚊子！他心里恶狠狠地骂了一句。

仅此而已。够了！

章大强因不知部队有纪律不能私自出营门，这事本来就可大可小，点到为止就行了，夏奇寒不太喜欢搞什么下马威。新兵，来到一个陌生的地方，进入一个陌生的角色，内心的压力已经很大，稍有风吹草动，都能把他们吓着。夏奇寒心又软了下来。一味地在什么都不懂的新兵面前发威，没这个必要。不疼不痒地说了章大强几句，夏奇寒和陶有财打趣道，有空得好好和你学学生财之道，你们温州人真是做生意的一把好手。

夏奇寒和陶有财搭话，是想缓和一下气氛。

陶有财嘴角抽搐了几下，才把僵硬的表情撤了回去。笑，是笑了，但勉强的痕迹太重，陶有财佯装揉眼睛，用手在脸上狠狠地搓了几个来回，以利于放松脸部肌肉。

怎么？不行？夏奇寒笑得很自然，我总得退伍吧，退伍了就要找饭吃。

是啊，说得也是，陶有财随口答道。话刚出口他吓得直吐舌头。这话什么意思；真该死，我嘴怎么这么笨，我这样说，言下之意不就是说班长没有前途，只能退伍不能提干。唉，我这张乌鸦嘴，他真想抽自己几耳光。不行，得想法补救补救。

班长，别逗我了，你还能退伍，你要退伍了，这部队可就没有干部了，陶有财说着，递给夏奇寒一支“三五”烟，班长，你来一支。

章大强口袋里有打火机，而且是防风打火机，他想给夏奇寒点火，但手不听指挥。

夏奇寒烟刚上嘴，陶有财的火就到了，夏奇寒也没客气，点着了猛吸一口，嗯，味不错，这好烟就是好烟。

陶有财这回的笑真是彻底放开了，这烟还有一大功能，再怎么抽都不咳嗽。

是吗？夏奇寒是第一次抽外烟，这茬他真不知道，好烟，好烟，噢，我得预先提醒你们，新兵大队可不允许新兵抽烟。这事，动员大会上领导会说的，当然了，在这之前，你们可以抽。

一盆凉水泼了下来，陶有财，不，唐志刚、章大强浑身都是冰凉。三个铁杆烟迷掉进了冰窟窿。同一种表情之下，都在自个儿盘算着该怎么办。

咦，陶有财，你怎么光给我发烟，还有他们俩，还有你，怎么不抽？夏奇寒说。

不，我不抽，三人不约而同地答道。

抽吧，现在还能抽，夏奇寒竭力活跃气氛，没事的。

没事才怪呢！章大强心想。

三人终于拗不过夏奇寒，脸上不情愿心里却求之不得地叼起烟，忸忸怩怩，惺惺作态，他们做得很投入。

第二章

夏奇寒当兵进入第四年了，带新兵是头一回。

奇寒，当新兵班长和你在中队干班长可不一样噢，指导员说。夏奇寒当新兵时，就是指导员带的。

有什么不一样，都是班长，都是兵。指导员，你是在和我玩玄的吧？！

啥样的新兵都有，新兵大队啥样的事都能发生。

就这个呀，你放心吧。我是从新兵过来的，这才几年，我忘不了的。

不是这样说，那时你是新兵，新兵的眼光。现在是老兵了，所见所闻所思就不一样喽。

不会吧，那段时光在我心里印得深呢。

要么怎么说，人好忘本呢。

指导员，你别吓唬我了，不就是带新兵，新兵什么都懂，什么都不懂，其实，还是什么都介于懂和不懂之间，我心里有数。再说了，现在的兵和我那会儿不一样，更甭说和你当新兵的时候比了。

有点道理。

岂止是有点道理。

你看看，说你一句，你倒开始发飘了。

不敢。

不敢就好。你可记住，新兵之所以为新兵，是有道理的，这种心理准备你一定要有。

我记住就是了。

光记住，是不行的。

那得咋样？夏奇寒感觉指导员不像是在说着玩，他一定是有所指。

简单，四个字，“消化吸收”。指导员没再往下细说。

军人，以服从命令为天职。当新兵的，这一点领会得更应彻底。

夏奇寒对此深信不疑，也容不得别人打什么折扣。想想他当新兵时，班长的一个眼神就能让他俯首听命。新兵嘛，光用耳朵，不用嘴，这也算得上是部队的一大优良传统。是传统，就得发扬光大，最起码也得继承。

新兵，绝对比老兵老实。一老实，还有什么不好带的。夏奇寒并不知道自己这样的念头不该有。

三天的工夫，新兵大队基本装填完毕。

偌大的院落，新兵没来时，稀稀拉拉几个兵，散开也好，聚在一起也罢，无风无浪。这些兵，都是老兵。出操、训练一样不落，各项要求都不会有放松的痕迹，番号是扯着嗓子嚎。嚎，又能怎样！还是没风没浪。

新兵的到来给营区焕发出了生机，一种特有的阳刚之气，一种只有部队才有的那种生机和声势。

这时的新兵大队，绿色的身影，南腔北调的话音，由不得你的意愿，硬是往眼里扎耳里塞。熄灯过后，这一切才得以隐去。一夜过去，蓄满的激情又会在起床号响时如水遇开闸一般骚涌起来。不，早在起床号响前就已开始。新兵，到部队第一个变化就是不再睡懒觉。在家睡到太阳晒屁股，父母亲吼个不停狠下心扯耳朵，还想再躺一会儿。现在不用，自觉得很。离开了父母，少了那份依靠，懒惰似乎也消失殆尽。

班里，唐志刚第一个起床。

到厕所撒泡尿，拿起头天晚上就瞄好的扫把，唐志刚开始清扫篮球场。这时的天才微亮，离起床号在营区里回荡还有些时辰。其实，唐志刚并不早。那头的路上，已有两个兵在扫地。大操场上，也有几个兵正弯着腰捡垃圾。

唐志刚有点不高兴，这帮家伙怎么比我还早。不行，明天我还得早。有了这样的打算，他把扫把抓得更紧，臂力不断增加。

唐志刚刚下床时，上铺的章大强就醒了。

醒了的章大强，悄然穿衣下床。虽是上铺，可把整个过程做得悄声无息。

章大强不会加入打扫卫生的行列，不是没想到，而是瞧不上。当兵的，关键要练好军事素质。扫地，那还不如待在家里。章大强在家是搞体育的，强项是篮球、武术，尤擅长六合拳。

来到操场，选上一块好地，章大强甩胳膊撂腿，煞有其事地做了一番准备活动，而后，拉开架势操练六合拳。在家，他每天早上的开场白就是如此。无论刮风下雨，天寒地冻，都是如此。

几百号兵来自四面八方，还不什么样的都有。贾海涛起先把本英语课本掖在裤袋里，想寻找一僻静之处。找着找着，他不找了，好几个兵都是明目张胆地捧着书摇头晃脑地咕噜着，他心放下了，有这么多同伙，还怕什么？抽出英语课本翻到折痕处，把自己淹在英语单词里。

一阵由低到高、舒缓爬升的哨音，灌进营区的每一个角落。

唐志刚带着一身汗回到班里。

章大强也是带着一身汗回到班里。

贾海涛是装着一脑子的英语单词回到班里。

兵们都起床了。

尚未正式开训，早操的内容一律是整理内务，打扫卫生。起床后，两件事，上厕所，叠被子。完成这两项工作后，兵们有的擦窗户，有的泼水，有的拖地。谁手里都有活，谁也不会闲着，也不好意思闲着。实在插不上手的，找块抹布，逮住一个地方，擦个不停，停不停不看是否擦干净了，而是看大伙儿是不是有停手的了。

夏奇寒冷眼旁观，这时候观察兵，会有意外的收获。

三个兵露着满足的表情进班，夏奇寒瞧得仔细，他不认为提前起床是好事，但提前起床毕竟能说明一些问题。勤快，总归比懒惰要好。这三个兵起这么早又如此满足，一定是做了他们认为最值得做的事，不管他们做的是什么，但至少他们心中已有了各自的计划和打算，并开始付诸行动。这样的兵有头脑，有头脑的兵，只要有个好班长领着，不愁没长进、没出息。夏奇寒认为自己这个班长角色还可以，至少不算差。这不就得了。

夏奇寒的目光向陶有财扫去的频率是最高的，聚焦的次数最多，时间最长。陶有财哼着小曲，摇头晃脑，抖腿扭屁股，肥大的警服套在身上空空荡荡的，给四肢增加了活动空间，他叠被子的姿势颇为有趣。叠被子对他来说，似乎是一种享受，动作和着某种节奏，那双手在不经意之中把被子摆乎得服服帖帖，不像章大强。章大强人高马大，手张开像蒲扇，面对摊在床上不起眼的被子，浑身铆足了劲，肌肉几乎处于僵硬状态，每一个动作都是艰难之中透着笨拙，他人站在床边，活像只企鹅。陶有财三两下就搞定了，他还处于初级阶段。

叠完被子，铺平床单，按规定放好腰带、背包带、帽子，再把床下的两双鞋子鞋头朝内后跟朝外靠线放整齐了，陶有财旁若无人地端起脸盆，毛巾搭在肩上，出门去洗漱。他和别的兵不一样。没自己干的活，干待着干嘛！他讨厌那些装模作样的兵，磨洋工，干不干一个样，什么意思？真虚伪！别人管不了，他自己管自己，大大方方洗脸刷牙，好得很。

紧跟着陶有财出去的，是吴加林。

说起来，吴加林是全班最后一个起床的，比夏奇寒起得还晚。一向睡得很死的他，到了部队，一点细微的声响都能惊醒他。耳朵里钻进了动静，眼一睁，他就紧张，怎么搞的，怎么又是最后一个起床。恨完自己，他又责怪大伙，起床就起床呗，都像是地下党，悄无声息，自己小心翼翼，难受，害得我不能及早起床，不够意思。东西南北中，五湖四海兵，应该相互关照才是啊。这些话他不明说，只搁在肚子里来回打转。不能说，谁都得罪不起。

章大强已经意识到自己的处境不妙。

自从那次私自出营门打电话后，他的情绪一直很低落，这下子够自己受的了，刚到部队就违反了纪律，而且是被班长抓了个正着，这以后的日子可怎么熬？

这可怎么办呢？

打篮球，他是行家里手，地道的一员猛将。在球场上，他可以把教练的战术演练得淋漓尽致，完美无缺。这方面，他熟着呢。

可要让班长消气，进而放自己一马，他没招。倘若有个像篮球教练一般的人物替自己制订战术，他倒能发挥。首选的军师，该当是老乡。出门在外，老乡亲着呢。可要是哪个老乡嘴不严，把这丑事传到家乡去那多丢人。即使不考虑这个因素，也有难事。他把那帮老乡筛了又筛，没找出一个能担军师这一重任的。这可不是闹着玩的，战术思想，战术计划，稍有闪失，失败是小的，雪上加霜那就不得了啦。

章大强找到陶有财讨教对策。

陶有财是浙江温州人，章大强对温州人历来有好感。温州人的脑袋瓜子厉害得很。精明，是最大的特色。有人的地方，几乎都有温州人的身影。他们能让你乖乖地掏出捂在口袋里不知多少年月的钱，还有什么做不到的？陶有财也已在生意场上泡了好几年，替他想点法子摆平这件事，还不是小意思。

章大强一脸的笑，咱们俩真是有缘啊！

有缘？陶有财没想到章大强找到他，蹦出的第一句是这样的话。

是啊，有缘。

什么缘？

你看，你是浙江的，我是安徽的，能到一起当兵，又分在一个班。没有缘，我们能走到一块儿？

陶有财盯着章大强好一阵子，满脸的狐疑。自从第一眼见了章大强，只是觉得这大个儿身强力壮的同时，笨笨的，说起话来嗓门挺粗，内容干巴巴，今天是怎么了，这么乖巧，还蛮深沉的。

你这样看我，我吃不住，章大强有点不好意思。

陶有财一乐，你还怕，就你这块头，我能怎么的？你说的缘，就是这个？

这不是缘，是什么？

就这，也称得上是缘。咱们长年累月在外面跑，要说遇上一人就是有缘，那可就是处处有缘，缘缘不尽了，哈哈。陶有财咧着嘴叫起来。

章大强噎住了。为了寻找一个最佳的开场白，他攒足了劲，才有了利用缘做文章的主意。原以为派得上用场，现在可好，陶有财轻而易举就给挡了回来。章大强眉头紧锁，他在想该如何把谈话继续下去。

陶有财见章大强这副模样直想笑，下了好大的功夫才给憋了回去。他不想让章大强太难堪，都是战友，得在一起生活三个月，说不定哪天会请他帮忙呢！

你找我肯定有事，陶有财打破了僵局，咱俩谁是谁，你就直说，只要我能帮上的，绝不打马虎。

真的？章大强瞬时被激活。

我骗你干吗？

章大强说出了自己的想法后，静等陶有财出主意。

陶有财想都没想，这好办，小事一桩。

你说说，怎么个好办？

慢着，我帮这个忙可以，而且包你满意，但你得答应我一事，陶有财摆出了等价交换的条件。习惯，一时半会改不掉。

这做生意的，就是与众不同。章大强不但不生气，反而更加佩服陶有财。他说，你说，用得上我的地方，你尽管说。

好，陶有财喜欢章大强这样的人，直来直去，还挺仗义。他本是想开个玩笑逗章大强的。有了章大强的这话，他觉着不说出个事儿，章大强反而会不高兴。

在新兵大队要是有人欺负我，你得帮我解决，陶有财说完了一琢磨，这条件挺好，以后有章大强罩着，谁也不敢动自己一根毫毛。

起先，章大强还以为陶有财会提出什么要求的。听了这话，他一拍陶有财的肩膀，兄弟，你放一百个心，天塌下来我替你撑着。

陶有财也太弱了，章大强的这一拍，他身体不由自主地打了个飘。

没事吧？章大强意识到自己兴奋之余下手有点重，你瞧我，没轻没重的，你没事吧？

没事，你小子真有力，陶有财重新挺直身子，装作满不在乎的样子。一挨章大强的巴掌，他心里就猛地“咯噔”一下，一种酸痛由肩部向全身扩散。他本不愿打飘。没辙，瘦巴巴，嘴上功夫挺横，但他不是那种力量型的人。面子是要的，大小也是个男人嘛。

嘿，嘿，没事就好，没事就好。

陶有财不愧是陶有财，他给章大强提供了两套方案，一是送礼，这一招他在家常用，从没失过手，百送百中。二是送情，说穿了，就是拍马屁。

送礼，章大强不敢。这事，他从没做过，虽说陶有财耐心细致地向自己传授了送礼的诀窍，他还是不敢。部队毕竟不同于地方，流不流行送礼心里没底。陶有财也拿不准只是说有礼走遍天下，部队也应该不例外吧。没把握，还是不做为好，章大强最终选择了第二套方案。不在行不打紧，陶有财是人精，每一个细节都为他设计得滴水不漏。

准备就寝的哨音响过之后，章大强打来洗脚水，班长，你洗脚。

他左手拿着洗脚布，一脸虔诚，简直比佣人还佣人。

这小子，人粗心还挺细的，有点花花肠子。夏奇寒了解章大强这样做的目的，也正因为如此，他没有拒绝。

大强，打电话的事你别放在心上，下次注意就是了。夏奇寒瞅个空对章大强说。

章大强听了心想，还是陶有财有办法。他把夏奇寒的话当作自己进一步实施战术的动力。

夏奇寒没多说，这种事说多了不见得好。

夏奇寒最烦拍马溜须的人，但章大强的举动他非但不反感，反而同情，这大个子，做这种事也真难为他了。

是该好好和章大强谈谈，夏奇寒暗暗打定了主意。他相信只要工作做到家，一切都能解决的。

第三章

新兵集训动员大会，开得既庄重又热烈。

规格在全总队也是最高的。不过，这是个巧合。总队长恰好在支队检查工作，顺便参加了一下。他这一顺便，让新兵们见到了总队范围内唯一的将军。金光闪闪的少将警衔，让兵们喜不自禁。写家信、写日记，这成了必不可少的素材。许多兵们的梦中，也都是金黄的。

动员大会一开，新兵大队的一切开始步入正轨。三个月的封闭式强化训练，从此拉开帷幕。新兵们既兴奋，又有些害怕。他们向往的生活真正来到了，然而，那么多的训练任务，枝枝节节的规章制度，又给他们造成了极大的、挥之不去的压力。

一个多小时的集训大会结束时，新兵们的巴掌拍得通红。谁讲话开始前、结束后，都死命地鼓掌，能不红？下次再开会，可能嗓子就要哑了。

会后，支队政委找到新兵大队教导员，怎么开会前没听到你们拉歌？一点气氛都没有！

教导员双手一摊，都刚到队，还没理顺当，哪有空教歌？

这不是理由。

是，我回去就落实您的指示。

忘了哪一点，都不是那么回事儿，教导员为自己的疏忽在自我检讨。

开训动员大会之后，各班统一开了第一个班务会。夏奇寒在班务会上罗列了一大堆要求和注意事项。唐志刚听得仔细记得清楚，尤其对礼节礼貌领会得更细致，更周全。的确如此，当兵，上级是上级，下级是下级，下级对上级不尊重，那还得了，见到班长、领导，敬个礼，问个好，是应该的。在家，遇到长辈、熟人还得叫一声，打个招呼呢。在这方面，我一定要做得比别人好，唐志刚对自己提出了更高的要求。

早上起床，唐志刚比昨天稍晚了一会儿，他认为这是一大过错，绝不能饶自己，既然晚了，就要把失去的时间夺回来。下了床，一路小跑拿到了扫把，他心里才踏实了一点。要是因为自己晚来，扫把被别人抢先拿走了，那岂不是罪过。唐志刚夹着扫把，又是一路小跑往厕所赶。

刚尿完一半，唐志刚感觉到厕所里还有人，一回头，发现大队长正在埋头蹲坑。班长说了，早上头一回见到首长要敬礼。情急之下，他一转身，夹着的扫把啪地落地，支撑那小东西的手迅速转移抬起敬礼，嘴里大声喊道：

首长好！

大队长正专心致地办“公事”，哪料到唐志刚会有这一手，浑身一哆嗦。好在他见多识广，知道又是班长忘记了交代，什么场合下不需要讲礼节这一条了。下面正到了关键时刻，但又不好打击新兵的激情，他挤出一点点笑，好，好。

出了厕所，唐志刚才发现裤上有点湿，是刚才没及时有效关闸的缘故，情况突然，可以原谅。湿，值。做什么事，总归要付出点代价。他的心情很好，扫地时特别来劲，无意中一抬头，发现远处有一人站着，细细一看，是教导员。

在这之前，看见干部，唐志刚不知道该怎么办。叫没法叫，礼敬得不标准，怕人笑话，只好杵在一旁，低头垂眉，大气不敢出。幸亏夏奇寒在班务会上说了，看到干部不知职务，叫首长准没错，遇见老兵，你勤叫班长。有了刚才在厕所里的首次实战经验，现在机会又来了，虽然教导员离那么远，但还是看见了，看见了就不能视而不见。

唐志刚扔下扫把，兴冲冲跑过去，一个立正敬礼，首长早！

教导员笑眯眯地问，什么事？

报告首长，没什么事，唐志刚又兴冲冲地跑了回去。

早操时间到了，值班员集合整队向大队长报告后，开始下达课目。

队列里的唐志刚看得清楚，第一个反应就是还礼。班长说了，看到别人给自己敬礼，要还礼。敬完礼，他特别注意到其他新兵都没动，心里甜滋滋的，这点小事都转不过弯来，连还礼都不知道，没劲儿。

排头的夏奇寒瞟见了唐志刚的这一举动，要不是站在队列里，他定会捂着肚子弯下腰痛痛快快地笑一番。唐志刚这样的兵，真是憨到家，这时候要你还什么礼？当了这么多年兵，他还是第一次见到有兵在队列里向下达课目的值班员敬礼。

早操回来，兵们在班里收拾，夏奇寒刚想和唐志刚说上几句，大队部的通信员出现在门口。

夏班长，大队长、教导员叫你去一趟。

夏奇寒回来后单独找到唐志刚，用表扬的口气轻描淡写地提醒唐志刚，有礼貌是对的，但得分场合。

夏奇寒说，唐志刚听。

尽管夏奇寒很讲究艺术，唐志刚越听心里还是越乱，到后来连手都不知道放在哪儿了。

唐志刚想不通，人常说礼多人不怪，怎么一到部队，这话就不灵了？

唐志刚想得很辛苦。

哎，唐志刚，发什么呆呢？贾海涛从饭堂出来，发现唐志刚一人蹲在墙角，凑上来说，怎么，是想刚才的豆浆油条吧？是不错，比咱们在家吃的馍馍好多了。

豆浆油条？唐志刚惊诧地说。刚才早饭吃的什么，他一点印象都没有。

贾海涛一探唐志刚的额头，没发烧吧。

去你的，唐志刚推开贾海涛的手，你才发烧了呢！

他俩现在的关系越来越密切。

在镇上俩人一对视，过去的一切就开始融化。一路上车离家越远，他俩的话越多。能分在一个班，他们没料到。两个原本是死对头的，现在却好得不能再好，他们更没料到。

这种变化，唐志刚想过，贾海涛想过，但都没结果，也没把这种不解告诉对方听。也许，彼此间不说，反而好。

他们常常谈及家乡的人和事，镇上的那棵老槐树，还有那桥、那河。

离家才几日，可他们却觉得故乡很遥远。

也有近的时候，梦中。

陶有财知道新兵大队对使用手机有规定，但班长没和他说，他就假装不知道。手机能不用时尽量不用，用时也是悄悄的，不让人发现。这不，手机快没电了，得充电了。

这班里怎么没有电源插座？陶有财趁班长出去后到处寻找，嘴里嘀咕着。

插座，你要插座干什么？就在这时，夏奇寒进了门。

充电，陶有财扬了扬手里的手机电池和充电器，这玩意儿没电，就趴窝了，陶有财随口答道。话音未落，心里大呼不好。

你倒提醒我了，通知大家一声，在新兵大队手机要交上去集中管理，每两周能用一小时。夏奇寒感到力度不够，又说，这是规定，任何人不得违反。瞧我的记性，忘了收你陶有财的手机。

这是干涉我的通讯自由，陶有财其实知道手机的命运已无法逆转，但他还是在做最后的抵抗。

自由？这也叫干涉自由？！这是纪律，夏奇寒没好气地说。部队有部队的纪律，不像你在地方，军人和老百姓完全是两个不同的概念，你懂吗？

那我的生意怎么办？陶有财有点软了，没我的指挥，不赔本才怪呢。

怎么，你当兵了还念着生意？军人不得经商，你是真不知道，还是假不知道？

真不知道。

那现在知道了？

知道了！陶有财不情愿地嘟哝了一句。

打个电话回家，把生意交给别人打理，要不然你还是回去做你的生意吧。夏奇寒的话绝，只有命令，没有选择。现在的兵，你和他说什么好呢。他是一本正经地和你来，你一时半会儿还引不上路。他看不惯陶有财这样的念头，把生意上的那一套原封不动地搬到部队，执行规章制度竟然讨价还价，这算什么？唉！现在的兵，真是不得了，了不得。工作、训练上，要是有这么精明，那他多省心。夏奇寒的头皮开始发胀。

陶有财最怕这句话，如果一门心思钻在钱眼里，他是不会来当兵的，当然了，能当兵又不误生意，两全其美，更妙。现在，夏奇寒把话说死了，听听，也明白不是说着玩的，他只得放弃了。陶有财还是开窍的，生意场上有生意场的道儿，这部队也有部队的规矩，没法了，嘴皮子磨破了，也是干磨，还不如就此收场。

第四章

在所有的新兵中，白小柱是最后一个到队的。

新兵大队，分为三个中队，每个中队分三个排，一个排分三个班，是典型的三三编制。一个班十个人，一名班长，九名新兵。其他班都满编了，唯独夏奇寒所在的七班差一个人。

夏奇寒找排长，排长说不知道。

夏奇寒找中队长，中队长摇摇头。

夏奇寒找大队长，大队长没说话。

细心的唐志刚，自然也看出这一情况。

班长，咱们班怎么少一个人？

你问我，我问谁？夏奇寒心里有气，唐志刚不敢再问了。夏奇寒现在是干柴，一不小心蹦出个火星就能点着。

开训都一个礼拜了，班里还是有张床空着。

就在夏奇寒准备再次找大队长非得弄个水落石出的当儿，白小柱来了。

白小柱来得很铺张，许多新兵的眼里都充血。新兵班长，就连有些干部，也都扭头吐唾沫。

一辆黑色皇冠牌轿车在支队桑塔纳的开道下，冲进营区。

新兵们正聚在操场机械地听凭班长摆布。

立正！

稍息！

向左转！

向右转！

向后转！

齐步走！

立定！

来来回回，没完没了。

眼睛目视前方，耳朵交给了班长，天塌下来，新兵们也没法子察觉到。

背着手，不时用目光扫描新兵训练情况的大队长，第一个发现了轿车。桑塔纳，那是支队长的专车。

嘟——大队长第一个反应是从口袋里抢出哨子，鼓着腮帮子猛吹。很久没有亲自吹哨子了，音也不准了。

训练时听到哨音，不管你在干什么，都得停下来，面向吹哨子的那位，保持立正姿态。这是规矩。

稍息！

立正……

大队长的口令明显底气不足，岁数大了，哪还能和棒小伙子比。大队长以不太标准的跑步动作向停在楼前的轿车跑去。支队长下了车，在等着。

在距支队长七步远时，大队长自行立定敬礼，支队长同志，新兵大队正在进行队列训练，请指示。

支队长举手还礼，继续训练！

大队长举手敬礼，是！

支队长举手还礼。

大队长转向部队，大吼一声，继续训练。

从皇冠车上下来四个人，兵们的目光唰地一下向同一个目标瞄准。没有口令，没有约定。

目标就是白小柱，一身没有领花肩章的警服，托着白白胖胖的脸蛋。

司机一下车就溜到了车后，打开后备厢取行李。

大队长向一男一女敬礼，恭恭敬敬，小心谨慎地握手。当然，他没忘了白小柱，敬礼这一程序免了，握手是得握的。

兵们看着，眼里生火。

有干部觉得白小柱的父亲眼熟，但想不起是谁，又突然想起来了，市委副书记、市政法委书记，没错，就是他。

他妈的，狗仗人势，章大强眼珠都快掉了。

章大强，你说什么？夏奇寒训斥道，口吐脏话，你还像个当兵的吗？

陶有财满不在乎，才坐皇冠，横什么，早知道这样，我让老头子开奔驰送我来，还不把你们吓得屁滚尿流，没见过世面，就是没见过世面。

夏奇寒呵斥，陶有财，你说谁？

陶有财一吐舌头，说我自己还不行吗？

随即陶有财又做了个鬼脸，班长，肚子有话不能说，难受吧？

夏奇寒的确被陶有财说中了，心里怒骂道，他奶奶的，腐败之风害死人，你老头子是官怎么的，你是兵，我夏奇寒手底下的兵，想怎么捏你都可以，等着吧你。

都干什么呢？训练，夏奇寒压着火，重新组织训练。

说起来，白小柱有点小能耐。到了七班，没过上半天，上至夏奇寒，下到章大强，都改变了对他的印象，不但不恨，还喜欢上他了。

午饭后，兵们有说有笑，混在其中的白小柱好像来了很久似的。

白小柱，怎么现在才到队？夏奇寒不冷不热地问道。

这都怪我妈，我早要来，可她说，我感冒了，得等好了才能来，她太小瞧我了，感冒怎么啦，我都急死了，可又没办法。白小柱一脸苦相。

章大强鼻孔一出气，感冒，算个球。

我也这样想的，可我只能想想而已。

唐志刚讥讽道，你真行，最后一个来，居然能分在咱七班。

我是七月七日生的，白小柱实话实说。

哟，有一套，陶有财由坐变为站，你还会耍特权？

白小柱急了，这算耍什么特权，我就想到七班，有错吗？难道你们不愿意待在七班吗？七班不好吗？

白小柱无意之中把话题引向了敏感地带，让大伙无法反驳。

夏奇寒一笑，说得好。

来就来呗，你摆什么谱？章大强转了话题。

白小柱双手一作揖，你饶了我吧，为这事，我和我爸吵了一架。告诉你们吧，我等于是被他们绑架来的。

绑架？别蒙人了，唐志刚不信。

骗你们，我就是小狗，白小柱手指自己的鼻子。

陶有财手一摆，得了吧，有你老爸罩着，谁敢说你是小狗。

白小柱脸涨得通红，别和我说这话，我爸是我爸，我是我，你们怎么着都行，小瞧我，我不愿意。

夏奇寒看着白小柱眼圈发红反而高兴了，心想这白小柱有性格。

大伙儿瞧着白小柱这副模样，气都消了。

夏奇寒说，你看你，还真急了，大伙和你说着玩呢，都是战友，谁还能小瞧你，大伙说，对吧？

有了夏奇寒提供的台阶，大伙儿都趁势而下。

白小柱笑了，看样子，我的选择是对的，就该来七班。

来，大伙儿来一支，白小柱亮出扁盒“三五”烟，班长，你先来。

夏奇寒接烟的动作很自然，把烟横在鼻前，嗅了嗅，好烟，真是好烟哪。

章大强递上火，班长，你点上。

大个子，给你，白小柱送上一支。

章大强摇头加摆手，戒了。

戒了？夏奇寒吐出一个烟圈，烟圈很圆。

嗯，戒了！章大强贪婪地瞅着白小柱手里的烟，喉结动了两下。

戒了好，白小柱又把烟抛给了盘腿坐在床上的陶有财。

陶有财接过去，又抛了回去，吸烟有害身体健康，没兴趣。

好，好，夏奇寒连连点头。兵们不知他是说烟好，还是指其他的。

白小柱散了一圈，就卖出一支，他脸上有点挂不住。最后剩下了吴加林，他不敢再递烟了。这让吴加林心里泛出酸味，抽不抽是一回事，给他们发了，不给我发，连客套话也没有，这白小柱不够意思。

白小柱，我可提醒你，新兵大队不允许新兵抽烟，你刚才的行为有教唆他人违反纪律的嫌疑，夏奇寒弹烟灰的动作既熟练又有美感。

没这么严重吧？！

你自己掂量掂量吧，当然，不知者不为过，下次注意就是了。

那我这烟怎么办？我带了好几条呢！

你自己处理吧。

这么着吧，班长你帮帮忙，帮我把它们消灭掉。

又来了，你还想让我犯错误？

没这个意思，这烟，我是从老爸那儿蹭来的，我没花钱，我老爸也没花钱。

那也不行。

不行？！那我抽个时间打个电话，让家里拿回去。

这还凑合，不过，别和我打埋伏。

班长，哪能，我不会抽烟的。

不会抽，你带这么多干吗？

不带白不带，我寻思着，总有战友抽烟的，奉献一点，这也叫取之于民，用之于民嘛。

你的想法还挺朴实的，助人为乐是好事，只是这烟不行。夏奇寒一口气吐出四个烟圈，依次排在空中，就像兵在走队列一样。

白小柱，你这烟有问题，陶有财看着夏奇寒，假烟的可能性大大的。

瞎说，这是新牌子，假货还没生产出来呢。白小柱把烟盒举到陶有财的眼前，瞅准了，扁“三五”，新产品。

陶有财没理会白小柱，对夏奇寒说，班长，这烟我闻起来味就不对，我给你鉴定鉴定，让您抽假烟，那还得了。

夏奇寒像没听见似的。

陶有财伸手捏过夏奇寒手中的烟，恶狠狠地吸了两口，烟从嘴巴进鼻子出，嘴唇吧唧吧唧地咂了几下。

怎么样？夏奇寒说。

哎，味正，陶有财把烟还给了夏奇寒，班长，我太多心了。

白小柱不高兴了，说不假，你不信。

我这也是为班长好，陶有财堆起笑容，说，班长，你说对吧？

我心里有数，夏奇寒没在乎陶有财是否有口臭，继续吸烟。

班长，换一支吧。白小柱认为不卫生，又递上一支。

夏奇寒看着燃着的烟头，浪费就是犯罪，这烟抽起来特爽，一口下去比什么都强，哪能废了，大强，你说呢？

啊，啊，是啊，是啊，班长，你堪称勤俭节约的标兵，章大强好像丢了魂儿。

平常，章大强不会放过这种发言的机会。现在，他自动放弃。他的意念全集中在鼻子上。嘴巴抿得紧紧的，鼻子不停地深吸，硬是把那淡淡的若隐若现的烟味逼到了下丹田，算作解解馋。夏奇寒指名和他说话，他不敢不回话。可说话，那烟味就跑了，损失太惨重，章大强咧开大嘴，野蛮地做了个吞的动作，算作补偿。

陶有财在为自己的绝顶聪明骄傲。章大强真笨，吸已被人家过滤了的烟有什么味，和画饼充饥差不多了，还是我有办法，实实在在地抽两口，味正，当着班长的面抽，有大将风度，生理、心理的愉悦同时具备，美着呢。难怪人家说，聪明本身就是一笔巨大的财富，谁说不是。轻轻松松两口烟下肚，感觉妙不可言，管上半天没问题。

不让抽烟，烟灰缸省了。这无关紧要，夏奇寒抽烟不用烟灰缸。

抽屉里有空烟盒，功能与烟灰缸一样。弹满烟灰，就换一个，很方便。火烧到了烟屁股，夏奇寒还是抽了一口，海绵嘴都烧着了。捏着烟头在烟盒的内壁按了按，没火星了，再放进烟盒，拉开抽屉，把烟盒安放在老位置，夏奇寒的抽烟全过程到此才算结束。

午休时间到了，大伙儿开始睡觉。不，准确地说，是歪在床上趴在床边打瞌睡。

早上辛辛苦苦叠好的被子，谁都不忍心去破坏。花了那么多时间，费了那么多心血，被自己摊开破坏了，太残忍了。睡上个把小时，舒服是舒服，可叠被子多痛苦啊。得，将就打个瞌睡吧。

夏奇寒看兵们七倒八歪地打盹，心疼，可让他们铺开被子睡，太难为他们了。自己当初做新兵，也是这样过来的。章大强在床上整被子。刚才从褥子下拿信纸，一不小心把被子弄皱了，他看了又看，总觉得不怎么好，只好脱鞋爬上床用手慢慢地抹。

白小柱见章大强睡在自己的上床，便对夏奇寒要求道，班长，让大个睡下铺，我睡上铺。

夏奇寒心里高兴，话很平静，怎么了？

章大强颇为感动，就这么着，你的心意我领。

夏奇寒没有开口。

班长，大个子那么大，睡在我上面，我生怕床吃不消，到头来还不把我压扁了，我不敢睡了。

这个理由听起来不错，我不同意你们调床，你肯定会给我扣上不关心爱护新战友的帽子。夏奇寒装作无可奈何地说，好吧，我同意。

白小柱双手一拱，班长，谢了。

自始至终，吴加林一直待在一边，他没有参与这场由紧张到热烈的群众性谈话。大伙儿对白小柱由厌转为爱，他没有受到任何一丝一缕的感染。白小柱的举动，令大伙儿鼓掌叫好，他却虚火上身。装腔作势，笼络人心，有这必要吗？现在的人哪，真说不出什么道道来。有了不用，算什么？吴加林气不打一处来。

大伙儿都开始打瞌睡，吴加林坐在床边发愣。章大强的呼噜声搅得他静不下心来。扭头向窗外望去，操场上空无一人，格外地冷清。有些地方有草，有些地方没有，活像个癞子头，一点也不好看。操场的尽头是一排单双杠，吴加林的目光一碰到单双杠，瞬间就僵直，人随即哆嗦起来。他不喜欢这玩意儿。

累，的确累，困，眼皮直打架。可吴加林不像其他兵一样能合上眼做短暂的休息，他的心乱得要死，根本放松不下来。

陶有财到了厕所门口停下来静听一会儿，脸上露出他自己才清楚是什么内容的表情。

用劲干咳了几声，陶有财进了厕所。步子很慢。

厕所里传出稀里哗啦的声音，陶有财最爱听这种声音。

一进厕所，陶有财盼望见到的场面果然出现了。

十来个新兵，蹲着的站着的都紧张得要死，个别的两腿似乎还有点打晃。陶有财只当什么也没发生，急切地掏出烟点着就吸。

每回，都有新兵上陶有财的当。

新兵大队不让抽烟，厕所成了这帮兵龄不长烟龄不短的新兵集散地。干部、班长没事不会上厕所里转悠。臭虽臭，有什么办法，能有地方抽两口，就不错了。即使如此，兵们警惕性还得很高，一有风吹草动，立马扔烟。

陶有财正是掌握了他们的这一心理，每回都吓他们，次次成功，从不落空。

兵们见是陶有财，提到嗓子眼儿的心又放回了肚里，继续过上一把瘾。

有兵认为陶有财是有意而为之，你干什么呀你？

陶有财装糊涂，我干什么了？

咳嗽呀，装神弄鬼的。

大家都是新兵，都是烟枪，犯得着吗？

别太过分，否则咱也有性子。

陶有财满脸的冤枉相，这是怎么说的，我烟抽多了，常咳嗽。这毛病，在座的不会没有吧，行，行，大伙儿这么说了，我以后注意点就是了。

出了厕所，陶有财总对自己说，下回，下回，对，下回，你们给我等着吧。

第五章

新兵到了新兵连，总要填份基本情况调查表。

一人一张，按要求填写，和考试一样，要注意卷面整洁，夏奇寒把调查表分给大家。

不是考试，用不着监考，转眼夏奇寒又没影了。班长也是兵，有时间玩，自然也不会放过，即便没有时间，他们也会创造时间。兵当长了，部队的一套他们透熟。这样的事，他们在行得很，游刃有余。老兵油子的称呼，似乎与此脱不了干系。不过，班长总归是班长，与真正的老兵油子有点区别。

夏奇寒一走，班里的气氛顿时活跃起来。大伙就调查表中的有关问题，展开了热烈的群众性大讨论。

讨论是由陶有财起的头。

调查表中有一栏为“实有文化程度”，陶有财不理解，文化程度就文化程度，多了“实有”两个字，什么意思？

陶有财向贾海涛请教，这一栏怎么填？

在他心目中，贾海涛是绝对的才子。连英语都懂，那还了得。哪像自己，初中没毕业就跟父亲走南闯北做生意，现在脑子里只剩下数字的加减乘除，一只打火机，进价一毛六分五，售价三块，卖出一百六十二，赚多少，他脱口而出。学的那点数理化和文史，早就还给老师了，比退货还简单。贾海涛就不同了，在学校功课一定很厉害，要不然他怎么会来部队后还在学英语呢？

实有文化程度？贾海涛思索片刻指点道，应该是两层意义，一层是譬如你是高中毕业，但由于你学习不认真，考试靠偷看，实际的文化水平也只是初中生，那么你的实际文化程度就是初中；另外一层是指本来是初中生，但为了当兵，找关系托熟人走后门花票子，搞了个高中毕业证，那么实有文化程度还是初中。咦，你是初中？还是高中？

贾海涛说的这两层，陶有财全都沾上边，他是初中毕业，但一掂量也就是小学水平，档案里的高中毕业证，那是拿钱换来的，填什么，他拿不定主意。填小学，实事求是，可城市兵非得高中毕业才有资格当兵，要是部队一认真起来，把他退回去，那一切都告吹了。填高中，涉嫌欺骗组织、欺骗领导。

高中，我当然是高中了，陶有财的口气不容置疑。当初买文凭做了假，开弓没有回头箭，就假到底吧。

白小柱噗地笑起来，瞧你们认真的，档案里是什么文化程度填什么文化程度，这还要问嘛？你填的要是和档案里有出入，反而会惹麻烦。这和在政治上、思想上、行动上与党中央保持高度一致一样，小九九别有，搞不好自己找事儿。

陶有财投向白小柱的目光由注意到注视，高干子弟就是高干子弟，出口的话有分量，有思想性，看问题也特别地尖锐，一针见血，跟老护士打针一般，哪像自己顶多是个刚实习的小护士。

特长？什么特长？章大强自言自语道。

陶有财答道，你那玩意儿特长。

什么玩意儿？章大强没反应过来。

这还用问吗？陶有财笑得很猥琐，其他人也都哈哈大笑。

你小子拿我开涮，章大强转过身来，颇自豪地说，特长，好男人靠什么？就靠这，小里小气的，成不了什么气候。

哈哈、哈哈，男人的特长，特长的男人，陶有财跺起脚，手在大腿上拍个不停。

班里哄作一团。

男人的世界，常常是荤玩笑发芽最好的土壤。平常班长在，没人敢如此放肆，今天算是开荤了，贾海涛笑得鼻涕都流出来了。

唐志刚缓过气说，特长，就是你最拿手的，你大个子，最拿手的是玩篮球，你的特长打篮球啊。

章大强点点头，是啊，我怎么倒忘了呢？对，打篮球这特长有前途，当个参谋长看来没问题。

你就自己骗自己吧，陶有财泼了一盆冷水。

别这么说，章大强起身正色道，打篮球怎么啦？参加个什么比赛，拿个冠军当当，立功提干小意思。我早了解过了，支队有篮球队，总队有篮球队，凭我的技术，跻身主力阵容有把握。告诉你们一个秘密，听说咱们支队长当初就是篮球队员，不过，他和我不一样，他是特招的，我是正常入伍。当然，这不算问题，问题在于在球场上的表现如何，这点自信心我还是有的。再说了，就我这块头，当个干部，特别是当个大干部，有助于展示军人的高大形象，我就看不怪那肩上星不少个头却小的干部，站在那儿没点派头，总是矮人一等。形象，就是面子。人，没面子不行。部队没面子，更不行，咱支队长就给咱支队长了不少面子。身材和我一样高大魁梧，气宇轩昂，军人气质在他的身上得到了充分体现。

贾海涛打断了章大强的话，行了，高谈阔论，演讲怎么的？

章大强正说到兴头上，被贾海涛一阻拦，有点意犹未尽。他暗暗称奇，就他这口才，居然能说出这么一番话来。难得。其实有许多话，他以前想都没想过，但这么一说，他的思路清晰了，以前那些零零碎碎的想法被整理成了一个完整的理想。这对他来说，是一份难得的收获。

陶有财打趣道，照此说下去，本人将来的职务就是后勤处长喽——

他这“喽”字拖得很长，隐隐约约有点小贩叫卖的嫌疑。

这说不定，白小柱说，你是生意经，部队现在缺的就是钱，有你掌此大权，财源滚滚来。

好说，好说，陶有财春风满面，双手合拢抖个不停。

章大强一时插不上话，便凑到唐志刚跟前看。看到特长一栏，他惊叫道，开拖拉机也算特长，填这个有啥用，部队还能让你当拖拉机手？

唐志刚不想告诉他自己内心的真实想法。他没有章大强的那种什么都敢说的气魄。心直口快，说起来大家都欣赏，但欣赏和喜欢是两码事。填开拖拉机，他有自己的想法和打算。一个农村娃，在学校的文化成绩远比不上贾海涛，考警校当干部跳龙门，一成的把握也没有。追求的目标应该实际一点，那种付出再大的努力也实现不了的事，趁早别想。有志者事竟成，这话不假。古人的经验阅历和智慧的结晶，假不了。但这志得有个度。像那种上九天揽月的志气，气壮冲天，但根本办不到，航天飞机有了，可以登月，揽月恐怕办不到。按照时下流行的说法，这叫定位要准。在部队干两年，总不能空手回去，学点技术不算太自私太过分的要求吧？兵，也是人，离开部队也得用自己的双手去挣钱吃饭，去买房子讨老婆过生活嘛。学个驾驶，回去比较实用些，在家开过半年拖拉机，虽说没有驾照技术还欠火候，但总归有点基础，开汽车和开拖拉机有许多相通之处。领导挑驾驶员培训人选时，应该会想到这一点，想到这点，自己就有门了。这些话，他不会对任何人说，包括贾海涛在内。再好的朋友，也不能把心里话掏空。给自己留点余地，自耕自种自收，可以行得万年船。

唐志刚不自然地笑道，想来想去，咱也就会这个，怎么，不合适吗？那我擦了啥也不填，你有橡皮擦吗？

擦掉，他不会，烙在心底的渴望，哪能说抹就抹。手还是伸出来了，伸在章大强眼前。

章大强一挠头，我就随便说说，不过，这开拖拉机也真是特长，最起码我就不会开，开拖拉机挺难吗？比开摩托难吗？他在家常骑着摩托和几个伙伴一块儿兜风飙车，刺激惊险。在众多伙伴中，他的车技一流。

两个轮儿和四个轮的可能不太一样，我开的拖拉机是方向盘不是车把，唐志刚没有正面回答。

说到这儿，唐志刚觉得应该在开拖拉机后面加上“方向盘型”四个字，用括弧括上，以示与车把型的区别。这样一来，与汽车又贴近了一层，都是四个轮子，都是方向盘，几乎没什么区别嘛！这和射击差不多，掌握了基本的射击技术，换个枪种，也不打紧。唐志刚认为自己的特长又上了一个层次，甚至开始设想以后开什么车。自己有基础，再去培训一下，把技术练得棒棒的，指不定能给支队首长开小车。开小车，对，开小车，这是一个最佳的选择，给领导开车的驾驶员都牛得很，当个士官，向农村拜拜，问题不大，这可是人生的一大转折。左手托住腮帮子，盯着“特长”一栏，沉浸在未来美妙之中的唐志刚，禁不住有点得意起来。

陶有财说笑归说笑，但他不知该怎样填写自己的特长，做生意显然不行。他头一扭，见贾海涛快把表填完了，便凑了过去，来，让我参考参考。

贾海涛停下笔，各人情况不同，参考不顶用！

有用，有用，陶有财手指特长一栏，如梦初醒。

贾海涛填的是武术特长。

陶有财也会武术，像他这么大的温州小伙子多半会武术。他折回去慎重地写下了“武术”二字。

唐志刚背着手踱过来，看了看摇着头说，我说兄弟，这填武术有啥用？

陶有财眼睛一亮，没有用，我会填吗？告诉你，用处大着呢。

唐志刚听不明白，武术不就打架，部队可不兴打架，你不引火烧身就不错了。

陶有财干脆站起来，一手叉着腰一手晃个不停，惨，真惨，你这思想跑马了，武术与打架岂可相提并论，擒敌拳你练吧，擒敌配套表演你看了吧，这擒敌技术本身就是武术的演化。学武之人，凭着功夫锄奸惩恶，咱们武警战士学擒敌干什么？不就是抓歹徒捉逃犯，这么伟大的壮举，你竟然忍心把它流落到街头流氓地痞打架的行列中。觉悟不高，离一个合格军人的标准相差太大。

既然是这样，大家都学了擒敌，你填武术不等于没填？唐志刚不但不生气，反而很虚心。

错！陶有财咽了口唾沫，有武术根基，那擒敌技术还不是小菜一碟。据我所知，咱们支队的防暴大队缺少的就是练过武术的高手。

高手，我不敢自吹，但也不算差。你想那防暴大队多有意思，抓通缉犯，执行特别任务，参加城市武装巡逻。在这枪入柜炮进库的和平时期，就剩这地方能遇上点血雨腥风，刀光剑影。当兵，不去防暴大队，这兵还有啥劲？没真刀真枪的战斗，那扛着枪和老百姓扛锄头下地干活没啥区别。告诉你吧，我当兵，就是为这来的。

陶有财滔滔不绝在说着，唾沫星直往唐志刚脸上喷。唐志刚被陶有财的这番话震住了，心中的某一根筋被无端地抽紧，疼倒不疼，痒痒的。

章大强没料到居然还有和自己想法一样的人，这人，居然还是陶有财。真是大意，章大强这才意识到自己的武术特长竟然忘记填上。有了篮球和武术这两项特长，那才真是双保险呢。

大伙都停下笑，呆呆看着陶有财。

陶有财感觉气氛不对，都看我干吗？

吭哧吭哧的呼吸撕裂着空气，发出噼里啪啦的声音，兵们的灵魂被陶有财的话沐浴着，一种无法拒绝的东西探进内心深处，灵魂哗哗地被擦洗，一遍又一遍。清爽洁净之后，血管开始鼓胀成一只容器，装着太多东西，而且继续在装。沉默之中的兵，某种感觉在涨潮，一浪高似一浪，不停地蛮横地撞击拍打胀撑。浑身开始燥热起来，目光之中揉进强悍，像一个夜行人晃着手电在寻找。寻找路，脚下的路，眼前的路。噢，还有心中的路，那目光很有劲道，能够穿透一切。

这几天，贾海涛没有洗衣服什么的，却发觉那袋洗衣粉明显少了。他不得不怀疑是被某人揩油了。有了这推测，他多长了一个心眼。观察细致了，就有了结果，原来是吴加林搞的名堂。一天中午，吴加林正拿着洗衣粉往盆里倒，被他逮个正着。

用的谁的洗衣粉？贾海涛责问道。

吴加林还在倒，我的！

你的，看看，再说谁的，贾海涛一指洗衣粉，你老兄眼花了吧？

吴加林把洗衣粉提到眼前端详一看，噢，对不起，拿错了，还给你，说完就往贾海涛手里塞。

贾海涛嘴一呶，给我放回去。

大惊小怪的，不就是一点洗衣粉？！吴加林只得按照贾海涛的吩咐去做。

贾海涛忍不住了，你他妈的，还嘴硬。

怎么着，本来就是嘛！吴加林也不心虚。

妈的，看我不揍你，贾海涛举起了右拳。

拳面很平，关节处布满了老茧，拳背上有一道斜着的疤痕。许多时候，贾海涛都是以这只拳头代替自己的舌头的。省事，有分量，效果明显。

吴加林昂高了头，四指一握，大拇指点戳胸脯，来呀！

班里就他俩人。

贾海涛觉得嗓子眼发黏，就使劲地咽唾沫。

拳头划出一条呼呼带响的弧线，却又陡然停在半空中，不往下落，猛地收回，又是一条呼呼带响的弧线，拳头落在身后的墙上，发出当的一声，有些沉闷。几块碎墙皮，从墙体上脱落，掉在地上，噼里啪啦的。没料到，平常根本听不到的声音，这会儿震得耳膜发麻。

吴加林歪着的嘴角，一股鲜红流了下来，用手捂，满手是鲜血，双眼生出惊吓、恐慌。

这画面，清晰地印在贾海涛的脑子里。没有什么比这更快慰的了，贾海涛扔下吴加林，愤恨恨地走了。

后来，贾海涛想起这事，就问自己，当时怎么会有那种幻觉？怎么会那么轻易地饶了吴加林这臭小子？问不出答案，他就捶自己的脑袋。当然，没有太用劲。

这事一过，他吴加林还是吴加林。自己的洗衣粉、肥皂、牙膏、洗发液都开了封，也只是开了封。他的东西，总比别人经用。要说变化，也有。用谁的，都还是悄悄地一顺手，但从此没有对贾海涛的东西随便过。

第六章

陶有财爱帮厨，一声报告进伙房，先给炊事员散一圈烟，他不小气，甚至太慷慨了。烟，对他来说是金贵。在干部班长的严密封锁之下，烟一旦断了，花再多的钱都难买到。该发的要发，宁愿自己少抽。这是关系学。替炊事班长、炊事员一个个点上后，他以立正姿势向炊事班长请示工作。

你看着干吧，炊事班长一瞅是“三五”，口气里也就没有了指示的成分。

陶有财手脚勤快，嘴又能说，咧开大嘴把他的那些经历添油加醋地胡侃乱侃，常常逗得炊事班笑声不断。日子久了，他不来，炊事员都挺想他的，咦，陶有财怎么没来？

陶有财不图表扬，他图的是热闹。在班里谁敢瞎说，有班长在，说不定还有“间谍”。再说，各人有各人的心思，他海吹，也没市场。炊事班不同，炊事员都是老兵，生活正是需要佐料的时候。

表扬有了，居然还顺带了意外的收获。

在所有的炊事员中，他发现张炊事员这人和他投缘，能处。这方面，他有丰富经验。入伍前在生意场混，不会看人，那是瞎混糊混，到头来能把自己赔进去。

张炊事员是个大烟枪，整天烟不离嘴。炒菜的那会儿，他也不放过。炊事班长提醒他，注意卫生，当心烟灰掉进菜里。他不在乎，没事，正好让那帮小烟鬼过过瘾，指不定他们谢我还来不及呢。

有了目标，陶有财开始采取行动。

嘿嘿，张班长，陶有财先上烟后开口，张某某、张炊事员他不敢叫。新兵叫老兵都是叫班长，他不会破坏这规矩。

张炊事员也不客气，颇有点老兵甚至是班长的架子。实际上，他也只是个第二年度的兵。

张班长，嘿嘿，陶有财觉得开门见山不好，还是先试探比较保险，有个小事想请你帮帮忙。

张炊事员瞧着烟纸上的那三个五说，什么事？说吧，你这兵够意思。

陶有财掏出五张十块的，想请你帮着买两包三五烟。

这可不行哟，张炊事员接过钱，你们新兵不能抽烟，我帮你是违反规定的。

陶有财忸怩着，你知道，这烟瘾上来了挺难受的，你人好心好，咱们是烟友，你看——

好吧！张炊事员像是下定了决心，我这人什么都不好，就是够义气，谁叫咱俩有缘呢。

缘，又是一个缘。陶有财并不喜欢这个词儿，为什么什么事都能和缘沾上边儿？什么缘？你知道我不会叫你白帮忙，拿缘来堵我，你以为我傻新兵蛋子，错，我这新兵蛋子脑子再活络不过。陶有财心里搅和着，脸上的每一块肌肉都在为笑奋力运动。

两包烟买来，陶有财拿一包，另一包塞给张炊事员。

这怎么行，张炊事员并没有阻挠的动作，只是说。

陶有财解释道，你够意思，咱也不能那个，有烟大家抽，谁叫咱俩是朋友呢。

没想到，生意场的话，在部队同样能用上。陶有财有些得意起来，得意过后，他又有点失望。

这以后，陶有财的烟都是张炊事员买的。他没忘了唐志刚、章大强，主动承担了他俩的买烟任务。唐志刚、章大强感恩不尽，总要报答他，他不乐意。

你们这是骂我，我陶有财是那样的人吗？咱们同病相怜，我知道没烟的苦处。战友，就该互相帮忙，你们要谢我，这活可别怪我不干了。在家靠父母，出门靠朋友。是朋友，就该互相拉一把，对不？

话说到这种理论高度，唐志刚、章大强直恨自己心眼小。

这几天，唐志刚犹如一架雷达高效运转，只要是耳力所能捕捉到的语音，定会牢牢抓住不放。这种凝神屏气已发挥至极限，远远超过了在学校里老师临考前划范围时那种全力调动听力细胞的最高纪录。把考试考好，事关自己的前程，把别人的话听准也事关自己的前程，从本质来说，目的是一致的。

逮别人的话，是分辨口音，最终是把班长、干部中和自己是老乡的挑出来。

来部队前，他专门找过同村邻村当过兵的老老少少，郑重其事而又极其细致地对部队方方面面情况打听过，让他最心动的内容之一就是老乡。在部队，老乡最富有感情色彩，老乡老乡，有事相互帮，没事拉家常。为此，他琢磨过。现在的部队和社会一样，想有点什么出息，没人帮着推帮着托，难哪！说难于上青天，有时也不为过。自己一个农村娃，出了家乡的地盘，就没个沾亲带故的人儿，更不用说部队离家乡两千多里路。老乡，只有老乡能用得上了。因此，他把找老乡列为入伍后的头等大事。

单纯地找，其实并不难。找班长打听打听，见到了问问，向同来的分布在各班的老乡兵聊聊，都是办法。简单直接。唐志刚不会这样做。这样做，弊端太多。一个新兵，壮着胆和班长、干部说话，常常会被人认为不老实，不守规矩，用老兵的话说，这兵不上路子。这是入伍前取得的真经。那帮老乡不憨不傻，弄不好什么情况没侦察到，自己的企图反而暴露了。到头来，让别人学到自己的窍门，得不偿失。

他采用的是最原始，同时也是最保险的方法——听。如同一个潜伏在茂密草丛中的猎手，他的耳朵时刻处于临战状态。吃饭前、集体活动集合前，新兵们以班为单位一堆一堆的。想移步和别班的老乡靠近，不敢，只能眼巴巴地用目光传递情感和信息。班长、干部很少和新兵杂合在一起，他们以自己的喜好组成一小群体，一个个乍看并无特色，实质上是有着丰富内涵的一个个板块。混在新兵堆里的唐志刚，站得老实，除了双手和头部以外，全身均处于立正状态。低着头，两只手相触玩着手指，耳朵自然竖得尖尖的，没有丝毫倦怠。一旦遇到与自己相似口音的，头微抬，鹰隼般的目光以子弹出膛的速度出击，对方的形象便被俘虏进记忆深处。训练场、厕所、走廊，一切一切的公共场所，唐志刚都不放过窃听的机会。中午吃过饭到宿舍短暂停留算作报个到，一捂肚子，眉头紧锁，哟，肚子不好，得上厕所解决解决。要上厕所是真，拉肚子是虚构的，为的是堂而皇之地赢得更多的时间。他所在的宿舍在顶东头，而楼梯在尽西头。按照正常步速走，只需一分钟，可他用了整整五分钟。急匆匆出了宿舍门，挣脱同班兵们的视线，他骤然减速，低下头好像在找什么东西，其真正用意是尽量放慢脚步聆听从每个房间传出的声音。

找什么呢？贾海涛迎面而来，怎么，魂丢了？

唐志刚一挺腰，去你的，我在找针。

不就一根针吗？小卖部有的是，贾海涛自然不知道唐志刚在说谎。

对老乡加亲密战友的贾海涛胡诌，唐志刚心里有些过意不去。不过，这种念头瞬间即逝。有些时候，人过于诚实，过于向往肝胆相照的感情，并不是好事，往往会生出许多不利于自己的枝枝节节。为了自己的前程，唐志刚在这方面领悟得很透。

唐志刚装出焦灼的模样，那是我妈给我的针，非同一般。买，到哪儿买？

贾海涛不再言语，轻轻地叹了口气走了。走了几步回头看到唐志刚又俯下身子，他自言自语道，妈妈……妈妈给的……浑身呈现出悲怆，脸上现出淡淡的羡慕和妒忌，步子开始蹒跚。显然，他被唐志刚的话堵住了喉咙，某种思绪冲出了某种封锁，向他的精神领土发起了攻击。

一路上，唐志刚都在寻找。不过，寻找的不是针，而是乡音，浓浓的，能让激情胀满的乡音。刚进厕所，目光就撞到了蹲着脸憋得通红的三中队长。不用说，三中队长的“公事”正到关键时刻。

到部队没几天，唐志刚就把所有的班长、干部所在的单位摸好锁进了记忆。名字不知道，可谁是哪个班、哪个排的头儿，清清爽爽，全是对号入座。

这回，唐志刚不会犯傻重演超水平发挥礼节的举动。他微微一笑，算是问候。选择了离三中队长两对脚窝子的地方。这个位置，是经过精心策划的，太近了，显示不出对干部的尊重；太远了，不便于交流，中间隔了两个人的距离，留了两对脚窝子，谁也不会贸然加塞。

嗯——，哼——，啊——，三节代表不同发展阶段颇有韵律的音节之后，三中队长的表情放松了。大功告成了嘛！

几班的？三中队长的声音里夹着欢快，一种越过高潮之后的欢快。

唐志刚正集中意念做挤压前的准备工作，三中队长的声音让他浑身一哆嗦。嘿！三中队长的声音好诱惑噢！他心里乐开了花。唐志刚，毕竟是唐志刚，他没表露出来。

他带着新兵固有的羞涩答道，七班的。

噢——三中队长头稍稍偏离正前方，你的口音我好像很熟。

唐志刚兴奋道，队长的口音，我也很熟。

我听出来了，咱们好像是老乡？三中队长递去征询的目光。

机会来了，唐志刚自然不会放过。

经过一番对话，唐志刚彻底弄清了三中队长老家的所在地。令他高兴的是，三中队长居然是和自己一个乡的，两村的直线距离也就十来里路。真是个天大的喜事。

怎么样，到部队还习惯吗？三中队长声音嗡嗡的，鼻音特重。

还行，刚来那几天，整个人都傻了，现在基本上缓过劲来了，唐志刚第一次面对干部如此地放松。当然，他不会放肆，老乡，是真的，人家是一队之长也是真的，过于混淆，不是好事。

都这样，想当初我刚到部队时，比你们还犯呆呢。三中队长表情有些微醉。

唐志刚很想知道三中队长的新兵生活是何种情况，他是如何从新兵一步一步成长为如今这在支队也算得上一个中层领导干部的身份的。了解别人走过的路，可以让自己少走弯路。唐志刚心里没多想当干部的事，但骨子里总有当干部的念头，只是他始终认为这目标离自己太高太远，恐怕难以实现。因此，许多时候是强迫自己不去幻想。现在，面对这位老乡中队长，他那沉睡的渴望被摇醒了。

是啊，其实新兵大队也挺有味的，唐志刚最终没有去问想知道的内容，毕竟和三中队长第一次说话，过于坦诚，弄不好留下一个不好的印象，那不划算。

三中队长笑了，你能这样就好，不过出门在外总有难处，以后要是有什么困难，可以和我说，我会尽量帮你解决的。

唐志刚的心狂跳不已，感觉幸福像潮水一样涨起来了。困难？什么困难？要是到三中队长的手下，岂不是什么困难都不存在了？可这样的要求能提吗？显然是不能！唐志刚的脑子快速地旋转着，有一种捉摸不透的感觉在心头滋生。

这样好吗？唐志刚说得很巧妙，不偏不倚居其中，对方怎么想都可以。初次接触，对三中队长心里一点底都没有，说什么话都得斟酌再斟酌，让自己的思想一丝不挂地晾开，那太危险。唐志刚不是对自己如此不负责任的人。他懂得人心隔肚皮，知人知面难知心的道理。防人之心不可无，是要千万牢记的，后半句害人之心不可有，也得牢记，但可据情况而定。

三中队长笑得很动人，怎么不行？！谁叫咱们是老乡的呢！

那是，那是，能在部队遇到你这样热心的老乡领导，是我上辈子修来的福分，唐志刚连连点头，队长，你人真好！

唉！哪里话，我这人就是重感情。干部怎么了，兵又怎么了，还不都是人。当官，是一时的，感情才是一世的，人活在世上，就得靠感情撑着。三中队长掏出烟盒弹出两支烟，自己叼了一支，来，抽支烟。

唐志刚吓得连连摆手。不，不，我不会抽，再说，新兵也不让抽。

三中队长有点不高兴，叫你抽就抽嘛，哪来那么多道理。弄一支，要不然，就是看不起我。

哪能？唐志刚赶紧说，我是真不会抽。

真不会？

真不会。

现在不会抽烟的兵不多啊！三中队长点燃烟，猛抽一口，不会抽，就别学，这抽烟有害无益。

唐志刚应允道，我会的。

三中队长的话，让唐志刚如坠迷雾。对他来说，绿色的警营是块神秘之地，神秘的人、神秘的事构成神秘的概念。如今，虽说扎进了绿色的队伍，但这种神秘反而愈加神秘。这倒应了那句古语，不识庐山真面目，只缘身在此山中。在许多情况下，要了解事物的内幕，深入虎穴往往是如闯入迷阵，撞得焦头烂额，还几乎一无所获。部队的等级观念十分明显，这一点没来时就已烂熟在心。到了新兵大队，也确实如此，班长、排长、队长、大队长每说一句话，都带有浓浓的角色色彩，口气、思想和职务基本上是等同的。可是，三中队长却似乎例外。他这番话，也许是出于老乡的原因流露了真情。这是可能的，人都戴着面具，在不同的人面前会变换不同的面具。这中间露出多少真面目，只有自己知道。三中队长说不定就属于把老乡当家里人，从而使面具厚度降到最薄的那种人。但这太理想化了，过于理想得让唐志刚根本无法接受。根据他的处世经验，初次见面，过于热情过于透明的人，往往也是最不可忽视的人。你要是被他的表现所牵引同化，出现的往往是麻烦。一个干部就是有老乡的身份罩着，如此随便如此直爽地和一个新兵交流，会是因为什么呢？唐志刚想想，不时浑身一颤，有种不祥的预兆敲打着他的脑细胞。

可怕，实在是太可怕了。

三中队长见唐志刚不说话，双目满含关切，小老乡，怎么啦？唐志刚苦着脸，肚子有点疼。

也许是自己太多虑了，老乡嘛，见了自然格外亲。三中队长是性情中人，所以才会这样，唐志刚挥去了那种令自己不安的想法。

那你慢慢拉吧，三中队长开始做扫尾工作，我得走了。

厕所只剩下唐志刚一个人。蹲坑虽小，可给人的思维空间却很大。这厕所上得真值，结识了三中队长这位在新兵大队举足轻重的人物。最重要的是，这样一位人物和自己是新兵大队最地道的老乡。老乡也有层次，家离得越近的越亲。贾海涛是同学加老乡，可现在还得退居二线。更何况贾海涛怎么能和三中队长比，不在一个档次上，根本没法比。萝卜人参，你怎么去比？

一个中午带下午，唐志刚都处于亢奋之中。浑身每一个细胞似乎都在剧烈运动，时而感到皮肤阵阵灼痛，有时甚至听到血液在血管里哗哗狂奔。目光每隔一会儿，就燃烧起来，红红的，滚烫的。

寻找老乡，很顺利，收获丰硕，他怎么不亢奋？尽管如此，干什么都没走神，他不会让自己得意忘形。这就是唐志刚，心里似油滚，表面依然能风平浪静。

第七章

不知是什么原因，下午操课结束时间提前了半小时。原因，新兵们不在乎，更不会去猜测考究，高兴还来不及呢！哪次训练，不是开始训练的哨音刚响就盼着值班员吹下课哨。

班长们把新兵带到宿舍楼前，一声“解散”，便撇下新兵向篮球场聚集，吆喝着打篮球。这其中，夏奇寒叫得最为起劲，卷袖子挽裤腿，没一点打球的样子，倒像是准备找谁打上一架报仇雪恨。在他眼里，球场就是斗牛场。

乱乱哄哄之中，两支球队就组成了，一中队与二中队，裁判由三中队长司职。

班长们玩球，新兵们如同松了缰绳的马，抓紧一切机会搞些小活动、小动作，最次的也会趁机喘喘气，把绷紧了一天的神经按摩按摩。

打篮球和打牌，在营区内是最为盛行的体育活动。随便到哪个营区遛遛，营房营具再简陋，院子再破落，都有一个篮球场。场地不是主要的，有篮球架像傻大个儿立着，篮球场就算全活。条件再原始，也得有一个篮球架。篮板破破烂烂，球砸上去如同走铁索桥一般，篮圈阳痿般地耷拉着。这丝毫不减兵们玩篮球的兴致。一个个擒逃犯似的上场，嗷嗷叫着抢球运球投篮。球技臭死了，有的根本谈不上球技，但一上场，都把自己当成了迈克尔·乔丹。场下观战的，甭管是不是篮球迷，放肆地手舞足蹈，大喊大叫，眼睛瞄着球，却是趁此良机尽情地发泄平常存积的压抑和不快。打牌，应该说比打篮球更风行。几个兵，即使是在旅途上碰到的，打升级的规矩就好像部队的三大条令一样，人人都知道。打牌的，没有看牌的兵多。两副牌四个人，围在四周叽叽喳喳的常常都是一二十个，乐此不疲，干什么？凑热闹。

三中队长哨音一响，球赛就算开始了。那哨音和平常集合站队的没什么两样。

球场四周都是兵，乍一看，乱糟糟的像是放鸭场。但明眼人一看，这乱中乱得大有讲究。新兵虽没正儿八经地列队，可基本上都是以班、排、中队的序列堆在一块儿，很少有跨班交流的，班长、干部自成一堆。有些大胆的新兵，这时会悄悄地和自己要好的其他班排的兵凑到一块儿，利用班长干部放松警惕的宝贵时间，唠几句家常，发几句牢骚，抑或琢磨些小点子，心虚得像地下党接头似的。兵们站相大多数呈自由式，但没有班长干部那样手插口袋之类的超自由的姿势。

唐志刚在球场观球。

篮球他不懂，也没兴趣，他是在借观球的机会继续进行寻找老乡行动。

唐志刚站在兵堆里是一道风景，两脚分开约二十厘米，双手自然下垂（中指没有按立正要领贴于裤线），直颈挺胸收腹，双眼处于朦胧状，球场奔跑的队员都是模糊的线条。他一切的意念都集中于双耳，对球场内外的喊叫声实行大收购。一旦遇到乡音，眼睛一亮，目光急速向目标射击。

站在一旁的章大强，常常让唐志刚的注意力不能集中。

什么熊球？快传啊，传底线。章大强下腰抬腿扭脚脖，让人弄不懂他是时刻准备上场的运动员还是场外指导教练。声音不大，章大强有意降低了分贝。

你咋呼啥？唐志刚甩过白眼，有能耐你上！

就这鸡巴水平，我？我上，全把他们震趴下了，章大强扭扭脖子，没听出唐志刚话里的火药味。

那你咋不上？唐志刚心想，你上不上关我鸟事，离得远远的，别影响我就成。

我，我……，章大强想说什么，但最后还是把话当唾沫咽了回去。

篮球场是章大强所神往的，在学校运动队，他是主力中锋。一米八五的个头，膀大腰圆，往哪儿一站都是一座铁塔。只要球到他手里，别人想夺，纯属以卵击石。三分篮，十投七中，很有准头。不过三分篮是保留节目，一般得球之后，打个呼哨，撒开脚丫子向对方篮下狂奔，像一辆坦克横冲直撞。他远比坦克灵巧多了，运球极为熟练，假动作层出不穷，往往是过了人，阻拦防守的人尚在晕乎迷糊之中。进入三秒区，大刀阔斧上篮。对他来说，只要一跳起，地球引力似乎已不存在，潇洒的双手扣篮，腾起时手臂直，而且双腿也笔直，全身上下像一条硬棍似的。双手抱球，腰部一发力，顷刻身体呈反弓状，球不是扣进去的，而是居高临下放进去的。在全校师生中，他算得上名人，“只有我不认识的，没有不认识我的”，这话他常挂在嘴上。自然，说这话时，心里甜滋滋黏糊糊的。凭着球场上的英姿，他赢得了许多女同学的好感。以篮球专长考上体育学院，是他的向往。怎奈在预考时本是稳当当的百米跑，起跑不到三十米，左腿抽筋一个趔趄，轰地摔在地上，慌忙之中撑地的右手骨折。折断骨头的同时，也折断了他飞向理想的翅膀。多年的苦练，瞬间化为尘埃。一番苦闷、绝望、痛恨的煎熬之后，他选择了当兵。走出失望的阴影，重觅一分收获。一条路走不通了，那就换条路吧。

夏奇寒抢到了球，双手揽球入怀，像老母鸡孵小鸡似的护着蛋。同伴一个个穷喊传球，他撅着屁股弯着腰，左瞅瞅右望望拿不定主意该把球给谁。

咻！章大强鼻子一出气，这也能上场，早点下来歇歇吧，把咱七班的脸都丢光了。倘若在学校，他早上场把七班长像拎小鸡一样撵下场。可现在不行，那是班长，自己的顶头上司。不但不敢，就连要求上场的勇气他都没有。唉，没人慧眼识俊才，我现在可真是英雄无用武之地。他妈的，怎么没人让我上场呢？想想又消火了，场上没有一个新兵，场下有些新兵目光似乎也很饥渴，火燎燎的。

不知是谁传球传偏了还是谁接球失误，球直向章大强的脑门飞来，身边那些反应快的新兵（包括唐志刚）哗地闪开了。章大强不慌不忙地伸出右手，五指伸开，待球触手，腕部一软，接着一个旋转，球被他稳稳地托住。

你，你会打球？在场上跑得气喘吁吁的一排长，边擦汗边说，上去替我，我撑不住了。

不——不，不——不！章大强交球的同时后退一步。

死盼硬煎得来的一句话，反而让他腿发软，心里的他在狂喊，上啊？弄几个球羞他们，让他们领略一下你的球技，摸摸球，找回失去的感觉，机会可是稍纵即逝的哟，快上！快上啊！不能上，另一个他却在说，你是新兵，不要逞能，要不然没你好果子吃，场上都是班长干部，你一个新兵蛋子上去，成啥了？忍一忍吧，别上去，千万别上去。千万千万噢！

黏糊什么？一排长吼了起来，叫你上，你就上。

章大强话不成话，排长，我，我，不会，不打球。

不会才怪呢，你给我上，这是命令，一排长扭头面对球场，让这兵替我，我得歇会儿。说完把球重新塞给章大强，一掌把章大强推上了球场。

上来干啥，到线外发球啊，夏奇寒冲了上来，来来，发给我。

章大强退到线外，把球发给了夏奇寒，忸怩地向自己的半场走去。

球到夏奇寒手里，一眨眼的工夫就给对方抢走了。夏奇寒一跺脚，背后抢球不地道，我还没准备好呢。言下之意好像是别人抢球，得先知会他一声。

班长，我不想，是排长下命令的，章大强向夏奇寒倒苦水，嘴里苦心里甜，人一进入场内，那遥远的、久在天地游荡的感觉又回来了。

哪来那么多废话，上来就打，夏奇寒说完又跑开了。

大个子，接球！

章大强下意识地抬手上步，从后场飞来的球就落在了他手里，转身退步运球到了三分线举手欲投篮。

传给我，传给我。夏奇寒蹿到了左底线，正和对方一球员推推搡搡占位子。

章大强是想传的，但夏奇寒的位置明显不好，传过去也是白搭，投吧！球出手，一个空心的三分球，没挨篮板篮圈直接入网，场外一片掌声欢呼声。

这算啥！章大强认为兵们的掌声欢呼声太廉价，倘若自己的一身球技全使出来，那岂不要翻天。尽管如此，从那飞出的球划出的弧线中，他找到了一阵快感。

回场时，夏奇寒一戳章大强后腰，你这是运气好瞎碰的，传给我多好，你个人英雄主义太严重。

章大强愕然。

在场上，章大强恪守只接球、不抢球的准则。场上这些人都得罪不起，至少现在是。刚开始，夏奇寒一吆喝，章大强吸取刚才的教训，不管场上态势如何，都把球传给他。传得到位，夏奇寒接得顺畅，有几回在篮下，还真让他投进了。几个回合下来，夏奇寒的脸色好多了，有时还在远处咧着嘴冲着章大强笑，满意的笑。

渐渐地，章大强把自己和球融为一体了，远投，快攻，单刀直入，频频得手。有一次从对方篮下得一球，他一路直下，闪过对方三位球员，穿插至篮下来了一个在他看来是最赖巴的扣篮。比赛大起大落，球场内外一片哗然，对方球员组成集团重点防章大强，但无济于事，大伙儿也乐意把球传给章大强（夏奇寒是个例外）。有了章大强这个顶梁柱，一中队把比分涨出了一大截。夏奇寒从不传球给章大强，自己硬来，到头来失了不少球，几位队员开始指责他。

比赛终于结束了，一中队大胜二中队，双方队员都夸章大强球技超群，了不得。

章大强乐滋滋的。

你以为你打球很好，那是大伙儿瞎恭维你的，夏奇寒的脸成了猪肝色，一个新兵蛋子，抖什么？哼！

章大强再次愕然。

唐志刚走过章大强身边时说，你啊，真憨！

参加比赛的班长干部离开球场，纷纷回宿舍拿取脸盆毛巾之类，向水龙头走去。十来个棒小伙在水龙头前一字排开，清一色的黑皮肤，绿裤衩、白毛巾。大伙儿说说笑笑地开始泼凉水洗澡。

天是真冷！

吴加林从厕所出来时，刚好看到这一幕。

看着他们一盆盆凉水由头冲下，他直起鸡皮疙瘩，他们居然还能嘻嘻哈哈，自个儿地哼小调，不可思议！

班长，这样不冷吗？吴加林感觉浑身抖个不停。

夏奇寒边洗边说，不冷。

怎么会不冷呢？这水冰凉，我看着都冷。

这有什么难的？！先用水沾沾身子，渐渐地多用些水往身上溅，这些动作完成后就可以正式洗澡了，洗完后，用拧干的毛巾搓，搓热皮肤，啥事也没有，还能防感冒呢！

不至于吧？

我骗你干嘛，不信你试试！

吴加林吓得脸都变色了，我不敢。

不敢？总有一天你会敢，当兵了，还有什么能不敢的，夏奇寒手伸进裤衩像是在摸鱼。

吴加林几乎是逃开的，逃时，手不自觉地护着裆部。

新兵，到底是新兵。

水龙头边赤条条的汉子们，大笑不已。

这帮老兵是不是神经有毛病，落在他们手里，真是有受不完的罪了。吴加林想想不禁害怕起来，他甚至想，早知如此，这兵就不该来当。

第八章

陶有财喜欢晚上利用出完小操后到准备就寝号响时这段时间，做点他认为是重要的事。

找个黑暗的角落，会会同来的老乡。

和他一道从浙江来的新兵有五十二名，分布在两县八乡四十九村。高中毕业四人，初中毕业四十五人，小学毕业（毕业证上是初中）三人；在家做生意的四十七人，种地的三人，没事做的两人。诸如这些基本情况，他到新兵大队五天内，就上了记忆户头。

几个脑袋，十几个脑袋凑在一起，用家乡话说上几句，说什么并不重要，重要的是联络感情。当完兵回去还得做生意，这些都是道上的朋友，在生意场上说不定会有帮助，即使没帮助，多一个朋友也不是坏事。都是老乡，在部队各有各的活法，回去之后各有各的谋生之路，各人巧妙不同，相同的是老乡。在新兵大队，遇上个什么事儿，老乡团结在一起，合成一条心，谁也不敢惹，人心齐，泰山移！想动咱浙江人一个手指头，让他一只手都被套牢。白白放弃了这大好的机会，真是赔了。这还是第一步，待把老乡的感情巩固了，还得抓紧时间和其他支队的新兵联络上，朋友，哪有嫌多的。干部、班长，不碰为好，一官一兵，不太好处，也没多大意思。能处则处，不能处就罢。

无形之中，陶有财成了众老乡的头儿。大伙儿有什么事，都会找他商量，他也不客气，碰着脑袋帮着出谋划策，发号施令。咱们是老乡，咱们都是浙江人，我说，大伙儿做啥事都不要太出格，千万不可丢咱浙江人的脸，让人家在背后吐唾沫，谁要坏了大伙儿的面子，我开除他的老乡籍。陶有财每次会老乡都忘不了提醒大伙儿。

十来个老乡又聚到了一块儿。

这新兵生活也太苦了。

简直不是人过的日子。

训练、训练，把人都训傻了。

是啊，都成了训练动物，太他妈的苦了。

班长像只饿狼似的，眼睛都能吃人。

你还说呢，我那班长简直就是恶神。

叠个被子，还得有棱有角，有什么用？

连烟都不让抽，这日子我待不下去了。

那饭菜我咽不下去，在家哪吃过这东西？早上，一杯牛奶，一块面包，非三明治不吃，多有营养。现在惨了，油条、馒头，看着都卡喉咙，吃个零食吧，不敢明来，偷偷摸摸地弄一点，一点兴趣都没了。谁说大锅菜风味独特，他妈的瞎扯淡，瞎扯他的鸡巴蛋。三个月不吃饭，我也嫌它，一想要吃三个月，甚至要吃两年，我小肚子都抽筋了。

你说怎么站不行，非得立正。一根棍戳在那儿由风吹，学会了，就得了呗，不行，还得练，还要搞什么持久练习不可。拔军姿，说得好听，当武警的，练几套拳脚有什么摆不平的？立正，立得板板正正的，没有功夫，还是挨揍。

这新兵大队什么都管，连什么时候睡觉都管，咱是夜猫子，白天睡惯了，晚上疯惯了，哪能一上床就合眼，又不是收音机，说关就关。睡不着，也得躺着，话也不让说，憋都憋死了。

明明是自己花钱买的手机，居然还集中管理？什么叫集中管理，我看就是变相封存了。手机两个星期才让用一小时，嗬！写信，这笔我什么时候拿过，算账都用计算器，笔早扔了，都什么年代了，太原始了，太跟不上潮流了。

大伙儿越说越起劲。

陶有财听不下去了，好了，都别说了，听我说几句。这部队嘛！跟地方上就是有区别，要不然怎么叫部队呢？新兵大队跟日后我们要去的中队也有区别，干什么都有个下马威，咱们做生意刚开始还叫高价呢。新兵生活是苦，要不然也不会有这三个月的训练。苦，怎么啦？咱们谁没吃过苦，做生意起早贪黑奔东跑西谁不是累得像个孙子？数钱呢？数钱时，大伙儿都乐了。一个道理，这苦咱们不会白吃，会有收获的呀！会有收获的！不投资，不进货，到哪儿赚钱去？咱们什么世面没见过，千万别在阴沟里翻船。一个孬了，人家不说你孬，说咱浙江人孬，不好，这样不好。咱们应该和别人比一比，人家能撑得住，咱们也能撑得住，咱们也能活下去，是不是？有怨气，咱们在这儿撒，可别带到班里，……

遣散了老乡，陶有财在回班的路上得意扬扬，他认为他做了一件很有意义的事。不过，他也有点奇怪，自己刚才的那番话是怎么出口的，甚至连想都没想就出口了，而且成章。

干什么去了？夏奇寒正低头抽着烟。

肚子不好，上了趟厕所，看不见夏奇寒的脸，陶有财心里有点发虚。

你肚子也真大，拉了这么长时间才拉尽。夏奇寒依然低着头。

是啊，我腿都蹲麻了！陶有财甩甩腿，又用手掐大腿上的肉。

一兵闯进七班。

白小柱，大队长找你，脆生生柔酥酥的声音让兵们浮想联翩。连喘息都透着雄性的新兵大队，突然之间有了这么一个娘娘腔，品起来还怪有滋味的。

来人是大队部通信员，肩扛两道杠，红的红，黄的黄，艳得刺眼，不像夏奇寒肩上那两道细杠一道粗杠的牌子，没有一点光泽，又旧又脏，还有一股枪油味。这是常肩枪，肩背带上的枪油蹭的。

通信员站在门内两步远的地方，眼珠滴溜乱转寻找白小柱，夏奇寒就在他对面，他连瞧都没瞧，更别说打招呼了。到了七班的地盘，不理睬七班长，于情于理都不容。一般的干部都不会这样，班长、兵们就更不会如此。偏偏通信员竟然对夏奇寒视而不见，如入无人之地。

夏奇寒觉得很没面子，一个上等兵，一个刚甩开新兵蛋子帽子的兵，如此骄横傲慢，换了别人，他早给轰出去了。可这是大队部通信员啊，大队长身边的人啊。让他难堪容易，可后果就很难控制。打狗还得看主人，何况这小子不是狗。算了，就当一条狗进了班，和这种人计较，更丢面子。大队部通信员怎么了，有什么好高贵的，身价是靠别人抬的靠别人给的，一旦不得势之后，还不是臭狗屎一堆。猛然间，他倒为通信员感到悲哀。

白小柱应声而起，干啥？

干啥？通信员不敢对白小柱过于放肆，我不知道，大队长只是让我来叫你去。

不行啊，马上要出小操了，白小柱看了看表。

通信员不理解。大队长叫你去，你还出什么小操呢？

白小柱转向夏奇寒，班长，你看这？

去吧！夏奇寒摆手。

是！白小柱把警服整了整，我争取尽快回来参加出小操。

通信员下巴一抬，这回把脸递到了夏奇寒的面前，大队长要喊的人，还得向你请假，真有你的。

夏奇寒嘴角一抽，他是我班的人，怎么，违反条令了吗？

好，好，通信员碰了个钉子，白小柱，走吧！

妈的，傲不拉叽的，我抬腿踹他。章大强一脸不快。

夏奇寒不轻不重地说，你还能干什么？

章大强搞不清班长为啥还护着通信员，吐了吐舌头，收住了口。

班长这人不简单。唐志刚暗暗想。

人哪，可不能这样，陶有财冷不丁地冒了一句。他没明说是谁，但大伙儿（包括夏奇寒）都知道这话是送给通信员的。平平常常的一句话，味道足足的。大伙儿从不同的角度，凭自己的处世经验在理解在感觉。

兵们都怕大队长，可白小柱却认为在新兵大队所有的干部班长之中，大队长对他是最温和的。笑眯眯的表情，温温雅雅的语气，不像新兵大队的最高首领，俨然是位面善心慈的兄长，谁说军事干部上上下下每个零件都是铁铸的，根本没有一点道理。班长夏奇寒官不大，说透了，班长还不是个官儿，可官的气势倒不小，对谁都是一副黑脸，面部肌肉大有萎缩之嫌。我老爸是个不小的官儿，虽说我不想在他的保护伞下生活，让别人处处把我当高干子弟看待，可再怎么，也得有所不同吧，稍微有那么一点点也成啊。不同之处是有，但有得不对路。一个班九个新兵，夏奇寒对他特别严，还口口声声说严是爱、松是害，对不对不知道，只是到目前为止，还没有体会到爱的感觉。原想像他这种有身份的兵到部队，大伙都会把他当菩萨供着，那样他受不了，他不是那种把自己捧得贼高躺在老爸功劳簿海吃海喝的高干子弟。有能耐，靠自己去奋斗。仗着老爸的权势，算什么男人。是男人，也是被阉过的，阉过的男人，还是什么男人？最不想发生的，没有发生；最想有的，终于有了。本是幸运之中的幸运，可这种如愿以偿，却让他有点倒胃口，人啊！真是一种奇怪诡异的动物，居然还是高级动物。大队长会找自己干什么？一路上，白小柱都在想这个问题，可见到大队长，他又不想了。没这必要，谜底即将揭开。

通信员并没有和白小柱一同来，他在半途就隐去了。

报告，白小柱呈立正姿势实施进入首长房间（办公室）应有的程序。

来来，还报告干啥！大队长招招手。

白小柱顺从地进门，离大队长有三步之远站着，依然呈立正姿势。

大队长好！

行了，小柱，别这么客套了，大队长搬来一张椅子，坐，坐，坐下吧！

白小柱坐下了，双脚双腿并拢，上身保持立正姿势，双手放在双膝上。在班里开班务会，他和大伙儿都是这样坐的，区别在于一个是小马扎，一个是椅子，还带靠背。

大队长挪过一张板凳（屋里就一张椅子，一张板凳），紧挨着白小柱坐下来。怎么样，这些天过得还好吧？你看我，新兵大队工作刚开始启动，我手头上一大堆事情，忙得晕头转向的，也没顾得上和你唠唠家常，关心关心你，这是我这个当大队长的失职啊，怎么样，还好吧？

挺好！

班长对你怎样？

挺好！

和班里的其他兵关系处得怎样？

挺好！

训练还吃得消吗？

还行。

要是挺不住，别忘了和我说一声。

没事，我能行。

你看，干部子弟就和别的兵不一样，觉悟高，吃苦精神强，你爸爸真是教子有方啊，哈，哈！哈哈！

伙食还吃得惯吧，营养能不能跟得上？

比家里差一些，不过还行。

想不想家？

有点想。

要想，抽空回去看看。

不用了。

怎么了？

我兵都当了，就该好好锻炼。

好，好，有志气。

渐渐地，白小柱的听觉开始迟钝，脑细胞都疲劳了。大队说什么，他听不清，问什么，他也只是用最为简短的词组应付。

直至大队长说今天咱们就聊到这儿吧，他的脑袋似乎又回到了自己脖子上。

起身告辞相当敏捷。

有什么事来找我，我会帮你解决的，大队长说。

噢——，白小柱飞身出门，如同撤离危险区——温柔的陷阱——一般神速。

在白小柱离班时，吴加林就暗暗骂娘，早不叫，晚不叫，要出小操了，被叫走，妈的，白小柱又躲过了出小操。怎么大队长就不叫我呢？把我提溜过去训一通也比出小操强。妈的，上楼梯滑倒摔掉大门牙才好呢！凭什么叫白小柱，他妈的不就是老子是个臭官。官怎么了，官也是人，他的种也是人，又不是神。妈的，我老子真没出息，一辈子穷得叮当响，整天与煤灰铁镐打交道，见不得阳光。自己就那点能耐，在外头无法扬眉吐气，回来对着老婆孩子作威作福。唉——我命苦哇！要是生在一个有权有势的家庭里，那多光荣，香的、辣的，都有得吃，就是不要吃苦。妈的，他妈的。

在操场上出小操做俯卧撑时，夏奇寒刚数到九，吴加林就没了力气，身子趴下去了，怎么也上不来。夏奇寒一揪他的后领，这才几个，就成卧地虎，还虎呢，一只猫，一只懒猫，拼着命也要给我撑。说完，又去吆喝别人了。

虎怎么啦？猫怎么啦？在大队长面前，你连个猫都混不上，吴加林等夏奇寒走远后嘀咕道。

唐志刚双臂用力撑起后吐了一口气，什么虎啊猫的？

咱们在这受罪，有人自在了。

谁呀？

白小柱嘛！

大队长找他有事。

能有什么鸟事？

领导的事，咱不知道。

挨刮皮才好呢！

不至于吧？

你又不在场，你怎么知道？

人家挨刮皮，你能得什么好？

扯平，都是新兵，就该公平。

算了，别扯了，你留点劲撑吧！

妈的，我就不撑，谁能把我怎么样？！

夏奇寒又来到了吴加林身后。

说话这会儿，吴加林攒了点劲。一见夏奇寒过来了，吭哧吭哧地撑个不停。

腿绷直，腹部用力，腰挺直，别跟个袋鼠似的。夏奇寒蹲下来用手一托吴加林的腹部，动作要标准，不标准，不算数。

吴加林哪敢打马虎，只恨不争气。夏奇寒的眼里揉不得沙子，给他揪住小尾巴，所练的一笔勾销。重来，那惨多了，好汉不吃眼前亏，练吧！刚才那句叫板的话，这会儿，也不知道飞到什么地方去了。

走向训练场时，神经高度紧张，肌肉是放松的；从训练场回来，肌肉僵硬，神经却暂时松弛。训练场如同刑场，能不怕吗？回来时，只剩下半条命。从苦海中爬出的兵，走路、铺床、上床，两手两腿都灌满铅似的。吴加林的腿已不听使唤，每晚睡觉，都要有劳自己当搬运工，屁股挨在床边，双手把右腿搬上床，再把左腿搬上床，动作相当地艰难困苦，表情却呈潮红色。可以休息了，可以睡觉了，可以不训练了。

白小柱进了门，班长，我回来了。

嗯！夏奇寒抽着烟低着头出去了。

哟！去了这么久，大队长一定和你说了不少话，吴加林说。

白小柱有点不好意思，没啥，闲聊！

闲聊？吴加林眼一眯，大队长找你聊天，还聊这么久？

是啊，闲聊！白小柱没听出吴加林话中有话。

吴加林口气有些酸，真不简单噢，还是你有福气，咱的命真贱哟！

你吴加林也是闲出病了，大队长找人家，碍你什么事？章大强回过头又问白小柱，找你干啥了？

闲聊嘛！

真是闲聊？

真是！

神了！大队长没事做了，还是怎么的？章大强挠挠后脑勺，真是神了！

这也正是白小柱所想的，好端端，大队长找到我，什么事也没有，就跟拉家常似的，对我那么关心，而且是超乎寻常的关心，真不敢相信那些话是从新兵大队的首脑人物嘴中说出来的。平常，见到的大队长总是阴沉着脸，有些新兵暗地里都叫他冷面杀手，说只要看他一眼，浑身上下就不自在，再看一眼，魂都快飞了。笑？新兵没有一个见过大队长露出笑脸过，有些新兵甚至怀疑他脸部的笑肌肉已失去功能或者根本就没有笑肌肉。可和我说话时，笑得那么好看，多有人情味。说的那些话，细一想，有许多是违反新兵大队规定或者是根本就不该这个大队长说的话。班长说，大队干部一般不和新兵接触，他们的主要职责是管中队干部，这叫按级垂直管理。一般情况下，班长、排长都难得和大队长聊会儿天。大队长葫芦里到底卖的什么药？难道……？不会吧，这部队和地方上是两码子事，不该这样想部队的干部。可不是这，又会是什么呢？唉！真烦人，不想了，白白牺牲脑细胞，没这个必要。白小柱相信这事的前因后果，总会有露出水面的一天。当然，他不希望是他最怕出现的那种情况，虽然他以前经常碰到这样的事。

陶有财满脸的快乐，白小柱斜挨着床架尽是思想者的表情，这让唐志刚心头一动。每个人内心都是一个完整的世界，各人都有自己的事儿。睡在一个屋里，同呼吸一种混合空气，吃在一个锅，吞进肚子的没什么两样。可思想大不相同，脚下的路是同一个起点，过程和终点就相差甚远了，有可能还会截然相反。人啊，只有靠自己。这些天来，一直在寻找老乡，进展颇为顺利，可现在一琢磨，倒有点本末倒置了。新兵大队最重要的两个人物，大队长、教导员，包括自己最直接的领导——班长，倒给忽视了。老乡，不是。可老乡，只是传感器而已，只为相处提供了乡情基础罢了。如若没有乡情做铺垫，能和领导建立起良好的关系，岂不更好。老乡这个圈子太小了，对自己有用的人，不一定是老乡，难道因为不是老乡，就不想办法套近乎吗？这样的话，自己的出路会大大受限制。不行，思路应该广一点，范围应该大一点，可怎样才能把想法付诸行动呢？班长好说，朝夕相处，好沟通些，其他呢？对啊！白小柱！白小柱的老头子是这座城市有头有脸的人物，支队上下哪个干部不敬他三分，和他玩好了，就能用他搭一座桥。白小柱，桥，好主意！以前有些看不惯白小柱，现在不能了，得尽快想方设法进行感情投资。

第九章

唐志刚，找你商量点事，陶有财的话斩断了唐志刚思想的翅膀。

什么事？正思考实质性问题，被不知趣的破坏了，唐志刚有点恼火。

陶有财笑着说，能不能帮个忙？

什么忙？你说说看。

帮我洗衣服。

洗衣服？

陶有财解释道，我在家从没洗过衣服，这一到部队，还得自己洗衣服。你看，你是从农村来的，肯定会洗。

农村的怎么了？贾海涛横空插了一杠子，农村是希望的田野，现在农村比城市好，你没听说过，人家外国有钱的住农村，没钱的才窝在城里。告诉你，别小瞧农村人。

陶有财怨道，我和唐志刚说事儿，碍你蛋疼了。

别这么说，他也是农村的，唐志刚抿了抿嘴唇，我们是一个镇的。

陶有财右手做了个打耳光的动作，都是我嘴臭，我的意思是你肯定会洗衣服，而且洗得干净。

那你怎么不找我？贾海涛问。

找你？

是啊，我也是农村的，我也会洗衣服，也洗得很干净啊。贾海涛两手做起搓洗的动作，你看，动作相当娴熟。

我不找你。

为什么？

这话我不好说，你自己应该知道，陶有财不冷不热地说。

不好说？我知道？贾海涛生气地愣了一会儿，找我？对不起，我还不干呢。

衣服，你自己洗吧，唐志刚婉转地回绝。

咱不叫你白洗，按件算钱，一块一件，怎么样？

不怎么样。

你也算学习雷锋嘛！

洗衣服又不难，你一学就会了。

吴加林主动揽活儿，陶有财，我替你洗衣服。

你？陶有财不相信自己的耳朵。

是我！吴加林说，咱们是战友，互相帮助嘛！

账怎么算？

免费！

免费？

吴加林点点头，真是免费。

唐志刚揉了揉眼，他眼睛又有些不舒服了。幸亏马上要睡觉，那镜片也该往药水里泡了。自己近视，为了当兵，特意配了一副隐形眼镜，花了不少钱。到了新兵大队，处处还得留心，不能让任何人发现。

你的风格真高哇！贾海涛赶上来凑热闹。

吴加林说，不错，免费。

陶有财不愿意了，免费咱不干，这是剥削。

先洗着，以后再说吧，吴加林等的就是这句话。白替你洗衣服，谁干？一块钱一件，攒来买零食也不错啊。你不说，日后我也会找你算账的。在班里，当着大伙儿的面，谈条件，被谁捅到班长那儿，这生意就泡汤了。

干脆，把我的衣服也捎上吧，贾海涛说。

那不行，我就两只手，你还是自己动手丰衣足食吧。吴加林心想，你那馊抠儿，帮你洗？洗你个头！

不是说为人民服务是无限的吗？贾海涛说。

你是人民吗？吴加林说，我也没说我是雷锋。

贾海涛以为吴加林真是学雷锋做好事，本想趁机沾点光的。这天冷，水刺骨，能不洗衣服多自在。没想到吴加林不但不乐意，说话还这么冲，他不吱声了。

你看你们，为洗个衣服，说这么多话，不行，我让我妈弄台洗衣机来，不就什么问题都解决了，白小柱比画着洗衣机的样子，滚筒的，带烘干的，连晒衣服都省了。

陶有财说，洗衣机就免了，我看有个叠被子机，那才叫绝呢！

有吗？要有，咱们凑钱买一个，吴加林当真了。

贾海涛乐了，等有了叠被子机，部队又肯用了，我们这些人就不用当兵了！

那谁当兵？吴加林问。

机器人呗！哈哈，贾海涛大笑不止。

白小柱认真地说，我没说着玩，搞个洗衣机又不难。

是啊，白小柱说的是真的，唐志刚觉得应和白小柱站在一边。

真的，也行不通，贾海涛学夏奇寒的口气，部队是座大熔炉，磨炼是第一燃料，你们还是新兵，就该多吃苦嘛。

学得怪像的嘛！章大强夸道。

新兵大队营区的面积大得很，足有十来个足球场那么大。大是大，建筑物少得可怜，一座厕所，一溜小平房是伙房食堂仓库之类的。五层的楼，一楼大队相关的办公室和宿舍，二楼一中队，三楼二中队，四楼三中队，五楼大队部，当然，少不了游艺室、体育活动室之类的活动场所，会议室没有，没有容下三百来号人的大房间。大队需要集中开会、上课，支队电影组来放电影，地点一律大操场。大楼的东墙，有一块长六米、高四米的大黑板，内容一周换一次，由各中队轮流主办。黑板右边有一固定栏目，上书三个猩红的大字：光荣榜

班长、排长、中队长、大队长，级别泾渭分明，这表扬同样也分三六九等，班长随口夸一句，班务会正儿八经表扬。排、中队点名时对一些人和事提出表扬，大队的方法既简单又慎重，让你上光荣榜。

新兵十分在意光荣榜上是否有自己的大名，这种在意，与十分在意中午吃什么菜有着本质上的区别。新兵在三个月的新训生活中，这光荣榜是他们心情的晴雨表。

唐志刚到时，黑板前已经围了好多人。说是围，但间隔还是明显的，三三两两，是一个小群体，兵们以最为自由的姿势站着。目光锁定在光荣榜上，什么样的表情都有。撞到了自己的名字，反倒腼腆起来。说话的，大声咋呼的，都是那些榜上无名的。有些兵，不在黑板前停留，若无其事慢悠悠地从黑板前晃过，目光快速而精

确地扫描，自己的名字跳进眼里，头一低藏着满腹的喜悦走开。没自己的名字，一股失望潜进心里，步伐加快了却很沉重，咬牙对自己说，有什么了不起的，表扬又不能当饭吃。也有暗暗给自己打气，得加把油，下回不能再这样惨了。自然少不了一些真的无所谓的新兵，知道不会有自己也不想凑热闹，路过瞧上一眼，只是一眼，绝不往心里去，谁上了谁没有上，反正和自己不相干，管他呢。

唐志刚把光荣榜当作胸环靶在做精度射击前的精度瞄准，从上到下从左到右，一个名字一个名字地过，没有他，兴许是看走眼了，又一次聚焦，还是没有。唐志刚的脸开始发烫，不能久留，走！上哪儿不知道。唐志刚是挤进人群的，动作多少有点粗鲁，他对自己有信心，绝对的信心，就如同他对自己每天早上都能拿到扫把一样的信心。然而，这回他失算了。单单是没有他还好，偏偏陶有财、章大强上了榜，这让他难以服气。陶有财不就是经常去帮厨，有什么稀罕的。章大强，班长的跟屁虫，十足的马屁精。个头是大，腰板似乎倒有点软。唐志刚坐在操场边的小土堆上，呼哧呼哧地直喘气。

怎么了，生谁的气呢？贾海涛一屁股坐在唐志刚对面。

没有啊，我能生气吗？

别诓我了。

干吗诓你，没生气就没生气，我想一个人待会儿，唐志刚意思是赶贾海涛走。这种事，不好说，说了又能怎么的。

如果我没猜错的话，你这模样与光荣榜有关系吧？

唐志刚抬头看了看贾海涛一眼，没说话。

地上的草已经黄了，有的都烂了，他伸手轻轻地摘了一段只黄不烂的草茎在大拇指和食指间来回搓揉，目光洒在地上，根本没有一个具体的目标，他不敢和贾海涛过久地对视。

你不说，我也晓得，你对表扬看得重呢！贾海涛扭了扭身子，动了动屁股，他不习惯盘腿坐，天冷了，地上凉丝丝的，不舒服。

不好吗？唐志刚依旧低着头。

好不好，我说不上，我觉得没这个必要。

为什么？唐志刚手中的草茎经不住长时间揉搓，断成两截。

哟，瞧你们两个，谈什么呢？吴加林不知从什么地方冒了出来。

吴加林中等个头，属于那种身材匀称的体形。夏奇寒第一次看到他时，欣赏了一番后说，你天生就是训练的材料。吴加林明白这是对自己的夸奖，但他浑身上下都在抽筋。一身的警服，得体服帖，两条裤线直得像通条，这在新兵中是不多见的。一般而言，新兵对警服的穿着没什么讲究，大伙儿都是一样，没必要分什么好坏。新兵大队是男人的世界，没有女人的存在，可以省略许多有形的和无形的东西，某些领域的竞争意识会大大淡化。新兵的警服在军营里是一道风景，一道让人说不上是什么感觉的风景。上上下下皱巴巴的，好似一张沧桑的脸，污垢点点不比小孩的围脖干净到哪儿去。有人说，这些新兵刚离开父母，洗衣服的活不太会干；有人说，新兵懒，怕洗衣服；有人说，新兵不爱干净。其实，这些都不对，最起码不完全正确。唐志刚认为，这反映出新兵要在乎的东西太多，没法把心思放在衣服上。吴加林不这么认为，看看他的一身警服就知道。他的警服，也是一道风景，干干净净，服服帖帖。被子可以叠差一些，臭袜子可以偷偷地塞在褥子下好几天，警服，每天都得用盛满开水的茶缸熨上好几个来回，一发现有点脏了，不能洗，也得用刷子小范围、小区域地清除。为这事，夏奇寒常常说他的不是。吴加林当面唯唯诺诺，脸一转一切照旧。

贾海涛比较烦吴加林，干什么事都出工不出力，唯独好打扮。在一个班里，他显得格外与众不同，算不上一个壕沟里的战友。哼，瞧那样，哪像个新兵。贾海涛时常皱着眉头对着吴加林的背影嘀咕一句，末了还不忘吐口唾沫。

去，去，这儿没你的事，贾海涛一个狮子甩头。

听听不行吗？

有什么好听的？！咱俩老乡唠家常，你歇着吧你。

老乡怎么啦，没听老乡老乡，背后一枪吗？吴加林从口袋里掏出半张报纸垫在地上，两手提了提裤角，坐了下来。

贾海涛腾地站了起来，你说什么你呀？我看你欠揍。贾海涛一脸的怒相，拳头捏得咯嘣响。

我只是随便说说，你急啥？怎么，是不是被我说到要害处了？吴加林满不在乎地说。

两人玩起了嘴上功夫。

唐志刚打起了圆场，好了，都少说两句。哎，吴加林，你找我有事吗？

有事，是有事，吴加林瞟了贾海涛一眼，这事我只能对你一个人说。

贾海涛火直往上冒，心想，这是在新兵大队，要不然看我怎么扁你。他的脾气是比在家里小多了。在家，他哪受过这种侮辱，这种挑衅三句不投机，一拳就上去了。他是个该出手就出手，从不婆婆妈妈的人。当初和唐志刚干架，也是话不对路而已，根本没什么大不了的事。

不论什么事，贾海涛都有出手的理由。吴加林是班里的零食大王，一有点空闲嘴里少不了东西。来的时候，一个大包有一半装的是花生、瓜子、糖果、小吃，够开个小卖部的了。早上起床，眼没全睁开就往嘴里胡乱地塞橄榄，吃相特别夸张，整张脸都在运动，乱七八糟的声音没停的时候。他完全是躲在被窝里放屁——独吞，从不给别人一点，半瓣花生米也舍不得。别人在吃东西时，他撑大眼皮死瞅一阵子后，嬉皮笑脸地伸手要弄点尝尝。

你有事？你能有什么好事？贾海涛头一歪讥讽道。

在贾海涛眼里，吴加林狗嘴里吐不出象牙，平常话不多，却有打小报告的爱好。谁有点什么芝麻大的事，他都和夏奇寒咬耳朵。什么话一到他嘴里，味全变了。

吴加林不买账，有事没事，关你什么事？反正没有你的事！

海涛，我床下还有双脏袜子呢，你帮我处理一下吧，唐志刚支走了贾海涛。

吴加林挪挪屁股，和唐志刚坐在了一起。人与人之间是该有距离的，吴加林坐得这么近，唐志刚不太舒服，但他还是打消了闪出应有空间的念头。

找我啥事？唐志刚想尽早结束谈话。结束了，便可逃避，堂而皇之地逃避。生活，是要学会逃避的。唐志刚崇尚逃避，但事实上，许多时候，他记不住逃避，学不会逃避。

说有事，也没事，说没事，也有事，吴加林像是在绕口令。

到底是有事，还是没事？唐志刚一脸雾水。

没事，就是有事，有事就是没事，这看你怎么想了。吴加林坐着伸了个懒腰长长地吐了一口气，接着说，其实，你不该和自己过不去。

你说的什么事儿？

你要和我兜圈子，那咱就没说的了，我可是把你当作知心朋友，谈得来的朋友，才主动找你说的呀。要不然，谁拿枪顶着我，我也不会来。

明明是你在和我摆迷魂阵嘛！

也许吧。

本来嘛，照你那么说，你就该冲我直说。

其实也没什么事，我是想说，你认为光荣榜上肯定有你的名字。不错，你是干得不错。哪天早上咱班不是你第一个起床，起床后，呼呼啦啦地扫地，天天如此，这需要多大的毅力和工作热情？平时你也没少干活，帮厨，你在第一阵容；训练，你不比谁差多少，可这些并不能让你上光荣榜。你以为，你干得好就能受表扬，错，大错特错，充其量只是班务会上，表扬你几句，那又不费劲，也造不成什么影响。你呀真老实，在这个社会，老实人是要吃亏的，你是老实人，所以你吃亏了。拼死拼活地去干，啥也没捞着，这亏吃得大呢，你呀，真是太老实。你看看人家，心眼比你多，不是我说你，你得学着点。

谁呀？

陶有财、章大强他们呗。

他们怎么了，唐志刚听到这两个名字就有些倒胃口，但他不会表露出来。直觉告诉他，吴加林的话中有话。

这，我就不好说了，说多了，又会有人说我挑拨离间，我只能给你提提醒，好了，不说了。

吴加林起来拧着脖子扭着身子，把屁股当作战场在清扫，一点泥不放过，针头大的草屑不放过。末了，拍拍屁股，整了又整一身实际上无须多整的警服，直至他确信没有什么不放心了，才迈着他特有的步子走了。步子，不紧不慢，抬起落下柔柔的，每一步看似实在，其实虚得很。两手摆动幅度很小，远处看就像粘在肋骨上。只要条件允许，他都是这样走路。

话到嘴边留三分，吴加林戛然止住，对他来说，是恰到好处。这种话说多了，味不重，听众不会去细品。言多必失的理论，也使他不去说透，这样多好，说了，不多不少，钉进了你脑子里，你去想吧，想什么，都是你自己想的，我可没说。吴加林走着走着，兀自呵呵大笑。唐志刚离得太远，是不会听见的。

吴加林的话，触到了唐志刚的某根神经。坐着，屁股下的草，都成了针尖麦芒，酥酥的，痒痒的，这一种感觉掠过之后，生出丝丝麻麻的痛。仰头后倒，腿长长地伸出去，平平坦坦地躺着。目光终于得以舒展，不再有阻截，悠悠哉哉地探向苍穹。视线开阔，带来的是心情的豁然开朗。

唐志刚当起了心理医生，在自我治疗。

两只麻雀叽叽喳喳越飞越高。天冷了，一片萧条，它们却全然不顾，想飞就飞。它们可以不飞的，待在窝里多暖和，多惬意。想想，陶有财、章大强挺不错的，是有好多地方值得自己去学习。什么拍马屁？谁见了班长、干部不笑嘻嘻的，班长叫着谁了，谁又不是一路碎步赶过去，一声“到”，一声“是”，就能让班长没脾气，没情绪。一时之气，可以原谅，千万不能时时用情绪砸自己，分不清东南西北。唐志刚，又成了原来的唐志刚。

唐志刚重新回到黑板前，久久凝视光荣榜，许多名字是和人能对上号的。记下，都记下。他把那些熟悉的名字掖进了记忆。他们是目标，是标杆，是镜了。刚才是怎么了，唐志刚手掌拍了一下脑门。一切已随风逝去，没有一丝残留。从黑板前离开，向班里走去，他的心情很好。

第十章

这几天，夏奇寒的心情算得上糟糕。很糟糕，但尚未到顶，糟糕透顶，是晚上中队指导员找他谈话时。

指导员是他新兵连时的排长，两人的关系可以，有点铁的味道。来新兵前，指导员实际上是副指导员，这正指导员也是暂时的，新训一结束，回去之后，还是干原来的副指导员。新兵大队除了大队长、教导员、排长是正职外，其余的都为副职。一些班长，还是刚经过骨干集训没有正式任命的副班长。从这一点上说，新兵大队也起到了培养干部骨干的作用。用夏奇寒的话说，这叫战士、干部一锅煮，和部队的伙食一样，大锅饭。

指导员扬了扬手里的纸，夏班长，老这样可不好哇。

是什么事？他心里暗暗骂道，又是该死的举报信。

新兵大队一共有四个举报箱，大队、三个中队各一个。挂的位置选得也好，和信箱排在一块儿。这给新兵往里投信提供了方便，要是挂在队部门口，保证三个月下来没一封信塞进去。新兵高兴，班长整日提心吊胆。信箱一周开一次，从未间断。上个星期，他已被指导员召见过一次。举报箱里有举报他打骂体罚新战士的举报信，而且是一式两份，大队、中队各一份。

章大强叠被子的水平一直没长进，午休时间，他让章大强叠了十次。

陶有财在队列中讲话，他专门暂停训练，让陶有财说话十分钟，不许停。

贾海涛向右转，脚老靠不齐，他以脚代嘴纠正动作。

最严重的是，让吴加林体会队列中的立正动作。吴加林卫生包干区没打扫干净，他批评两句不解恨，让吴加林在班里贴墙体会了半小时。打扫卫生跟立正没关系，体会动作是假，罚站是真。

信，指导员给他看了，从笔迹看，是一人所为。是谁不知道。左手的杰作，没法查。

他没在班里公开这事，只是在注意自己的同时，注意手下的九个兵。谁都像，谁都不像。到后来，干脆只注意自己，不注意兵了。

趁上烟的工夫，他想再拿过信仔细研究一下，看能不能发现破绽。指导员比他快，烟照接，信收了回去。

章大强和贾海涛打架，这情况掌握吗？指导员叼着烟，吐字依然清楚。

不会吧？！

白纸黑字，还能有错，看来你这班长的修炼还差些火候。

让我瞧瞧。

上次查了吗？

没查。

想查？

想是想，但我不会去查。

为什么？

查到了又能怎么样，我这一班之长，还能对新同志打击报复？

我不至于这么没素质。

是这理儿。

让我瞧瞧。

你要是说的是真话，这信看不看都不一样，给你。

他没接。

怎么不瞧了？

你这是在套我。

聪明！聪明！！聪明！！！

哪里，哪里，还得向你学习。

出现在九个兵面前时，夏寄寒脸色铁青。

做了一番调查，他火更大。章大强、贾海涛开始都不承认打架了，说我们俩怎么会打架呢？贾海涛还替章大强辩护，他是和我闹着玩的。

批评了两句，算是处理。这鸡毛蒜皮的事，居然有人夸大其词写举报信，安的什么心？他陡生厌恶感和不安全感。班里有这样一个坏小子，这班还怎么带？他的气越来越不顺，最后使了个计策，告诉了大伙儿班里有人写举报信，他要孤立坏小子。

兵们听了这个消息，先是用警惕的目光相互扫描，而后纷纷发言，班里顿时像炸开了锅。气氛空前活跃，话语中也少了往日的拘谨。

章大强说，哪个混蛋干的这种混蛋事，这偷鸡摸狗的勾当，要是被我揪住了，我保证让他躺在床上至少三天不能动弹。

唐志刚说，大家都是战友，不该来这一套，躲在背后捅一刀，不是一个真男人。

贾海涛说，可耻的行为，叛徒的行为，间谍的行为，呸，有这个人在我们中间，这兵还怎么当？！

吴加林说，咱们来当兵的，又不是来整谁的，这人也真多事。

陶有财说，别指望这样做有什么好处，无论什么时代间谍都没好下场。

白小柱说，讲民主是有程序的，越级反映不对，我看做这事的人应该好好检讨检讨自己。还有，我提醒你，军人，不是穿上军装就是军人的。真正的军人，不会这样做。

……

夏奇寒默默地抽着烟，九个兵都站着，只有他一人坐在床边。谁说话，他把目光扔给谁。兵们群情激昂，义愤填膺，他却异常平静。

兵们一人一句说完，他收回了目光。兵们却把目光全聚向了他。

抽一口烟，烟丝燃烧的吱吱声，大伙儿不想听，却听到了。

好了，都别说了，这事就这样拉倒吧，他的话不带任何感情色彩。正因为不带任何感情色彩，才有着非凡的效果。

兵们个个面露不解。夏奇寒的态度，出乎他们的想象。舌头在嘴里蛰伏了许多，才整理出自认为很能准确表达自己意愿的话语。对告状者大加谴责，是重点所在，当然也少不了间接地、婉转地表露自己的清白。夏奇寒不表态，让兵们人人自危，谁知道，他心里认定的是谁？

夏奇寒认为恰到好处，如此一来，什么目的都达到了。他依然抽着烟，只是动作愈加凶猛。门窗都是关着的，从他口中冒出的烟没有出处，便在屋里游荡。这回，他没有把烟蒂放入烟盒里，而是全扔在地上。烟蒂铺满一地，杂乱无章。他抽得很抠，每一个烟蒂都只剩光秃秃的一个海绵嘴，这其中还有许多海绵都已被烧焦。一摊黄色沾那么一点黑。刺眼。蓝色的烟雾，弥漫了整个屋子。

早上吃什么是有规律可循的。中午、晚上也是如此。每周都有专人制订食谱。这食谱和训练的课目、部队的作息时间表一样，一旦定下来，除非特殊情况，要不然就会像时钟一样精确。

许多新兵刚到时不太习惯，在家时想吃什么，就让爹妈做什么。大队食谱表上的抬头是“一周早知道”，也就是说一周吃什么星期一全能知道。吴加林盯着这几个字发呆，“早知道”什么意思？不就是让我们做好准备，就这些烂饭烂菜，也好意思明目张胆地挂起来。私下打听过，这在部队是规定，意在让大家监督伙食。

今天早饭是稀饭馒头黑榨菜。这食谱早上公布了，但吴加林还是没做好思想准备。不吃不行，听说上午要出去劳动，干什么不知道，但肯定很辛苦，肚皮里不塞几个馒头顶不住。以往只要吃馒头，他顶多吃一个，剩下的肚皮空间偷偷地用零食占用。一个馒头下肚，吴加林犹豫了。馒头味道不错，尤其是糖放了不少。在家时，主食不吃面食吃大米。吃馒头，艰难得很，撕一点放在嘴里咂磨，半天才不情愿地吞下去，馒头快被吃光时，整个脸部肌肉也麻木了，喉咙成了不通的下水道。今天有点不同，想想要劳动加之对馒头的排斥感有所减弱，他想是不是再吃一个。一个吃不下，吃半个吧。

他从饭盆里拿起一个馒头，掰了一半，一半捏在手里，一半扔进了盆里。夏奇寒眉头一打结，这么大的人，还解决不了一块馒头，拿回去。

我真吃不下，这半个都危险，吴加林哀求道。

那你就不要吃了，夏奇寒步步紧逼。

吴加林把手上的半个馒头又丢进了盆里，眼直勾勾地盯着，喉结动了几下。

一桌子的兵都停住了嘴，低着头竖着耳朵。

夏奇寒用筷子点了点盆里的那两个半块馒头，你讲不讲卫生？拿回去！

我，我又没吃，又没弄脏，吴加林解释道。

没吃？没弄脏？那你说这馒头给谁吃？反正我不会吃，夏奇寒说得很轻飘。

吴加林说不出给谁吃，说出来人家不吃怎么办？

兵们谁也不敢说愿意吃，要不然替吴加林解围的同时就把班长给得罪了。

夏奇寒又用筷子点了点馒头，你看，没人吃，怎么办？

那，那我吃好了，吴加林的声音很小。

夏奇寒想笑但没笑，脸色反而更加严肃。这是你说的，那你就吃吧，既然吃了，就得把它吃完，不许浪费！

吴加林一手拿着半个馒头，赌着气往嘴里硬塞。

吸溜一声，夏奇寒喝完最后一口稀饭，抹了抹嘴，从口袋里掏出一根牙签，含在嘴里离开了桌子。

呸！夏奇寒吐掉了牙签。换根牙签左挖右掘，把牙缝清理了一番，人在操场上也溜了一圈，本想再让牙签在嘴里待一会儿的，不巧，集合哨响了，全大队集合的哨音响了。

还没到操课时间，今天是劳动哎！不是说八点半集合的吗？这会儿响啥呢？

肯定出了什么事，夏奇寒直奔集合地点。

出乎夏奇寒这班长意料之外的事，一定是大事。

大队集合地点的指挥位置上站着教导员。新兵大队自开训以来，教导员第一次直接站在指挥位置上。站队集合，一般而言，是大队值班员的职责。队伍整理完毕后，再向大队长或教导员报告。条令上就是这样写的。在操场上集合时，教导员很少出面。政工干部在教室里上政治课，找兵谈谈心。站在队伍前头练嗓门的多是军事干部。

以班为单位给我拉过来！教导员像刚和别人吵过架似的，嗓门烘烘的，脸上锁着怒容。

这又是头一回。集合嘛！由小到大，由零到整，带到大队集合点的是以中队为单位。教导员不会不知道，抛弃琐碎，超越常规，说明事情更紧急。

夏奇寒还是第一次见教导员怒容满面。

大队长、教导员在部队是一公一母，一雄一雌。军事干部铁面黑包公，政工干部慈眉善目女观音，一刚一柔。新兵大队是个大家庭，大队长是父亲，教导员是母亲。教导员走到哪儿，哪儿就笑声不断。

今天这是怎么了？夏奇寒带队时都忘了喊番号。

都给我站好！教导员见部队都带到了，也不下口令，只发出这一声地方领导才有的吆喝。兵们自觉以碎步移动看齐，而后立正。

教导员的身后有一泔水缸。缸，是只大水缸。四周脏兮兮的、黑黝黝的，这只泔水缸原本在水池边，用着倒剩饭剩菜剩汤的。应该说用场不大。在新兵大队，菜不够吃，汤不够喝，盛在碗里的饭，全都进了肚子。三天的训练下来，谁的饭量都会大。

教导员卷起袖子，伸手进缸，抓出的是半只馒头。馒头上五颜六色，是经过汤水泡过的那种五颜六色。这是农民脸朝黄土背朝天挥汗如雨种出的麦子，磨成面粉后做成的馒头，教导员说完后，一口一口地吃起馒头，有滋有味地吃着，队列里有些新兵恶心得闭起眼睛，更多的是默默地站着用气压住喉咙。

解散！教导员吃馒头，吼了一句，兀自走了。

他离开队列指挥位置，径直向大队部走去。

兵们都没动！

谁要是再这样糟蹋，我处分谁，大队长不知站在什么地方吼了一句。嘶哑的嗓音，充斥着悲怆。

兵们终于散开了，默默地回宿舍。

进了宿舍，都议论开了。

夏奇寒一脚把门踢开，都给我进去。他为教导员的举动感到震惊和愤怒。

是不是咱们班人干的？夏奇寒以审问的口气问道。

没人吭气。

吴加林！夏奇寒想到了饭桌上的事。

到！

你的馒头呢？

吃下了。

吃了？是你扔的吧？

不是。

我看就是你。

吴加林赌咒道，要是我扔的，我就是狗娘养的。

夏奇寒一想也是，他吴加林要扔，也不会在今天早上。但他有种预感，这馒头一定是他眼前的九个兵中某一个扔的。这种预感是可怕的。他联想到告状、破坏被子的事，他相信自己的预感，这三件事很可能就是一个人所为。哼！千万别让我逮到你，挖到你，我非整死你不可，夏奇寒暗暗地发狠。

他沉默了片刻说道，我已知道是谁了，识相的主动找我承认错误，处理从轻，这事先放一放，准备准备，马上要劳动了。

贾海涛嘴唇翕动，双眼微闭，活像一个念经的小和尚。除了偶尔上嘴唇与下嘴唇闭合时的吧唧声，没有其他音儿。唐志刚知道，贾海涛在默记英语单词。

得了吧你，汉语都不见得咋样，还学什么英语？上学时，那是给考试逼的，现在没人逼你，考警校又不考英语，穷骚呀你！唐志刚常常半真半假地刺激贾海涛。来了没几天，俩人的关系扫除一切障碍之后，贾海涛就告诉过唐志刚，他当兵，就冲着提干来的，而且要考大专以上的院校，自然，英语不能丢。

你又来了，贾海涛总是这一句。

唐志刚咧着嘴，两手一拉眼皮，I’m sorry（对不起）。

发音不错，贾海涛俨然是老师的模样。

去你的吧，唐志刚说完一句，自己该干什么，就干什么去了。

他佩服贾海涛的这股钻劲，许多时候，他还为有贾海涛这样的老乡而自豪。

唐志刚没和贾海涛搭话，坐在床边像是在想什么，其实，他什么也没想。

贾海涛眼睁开，Smelly socks（臭袜子呢）？

袜子，什么袜子，唐志刚早忘了这一茬儿。

好，好。

好什么？

好，就是好。

贾海涛又进入了英语的世界。

吴加林向唐志刚投来征询的目光，唐志刚没给他信息，把头转向了章大强那边，吴加林讨了没趣，收回目光，他有点失望。

扑哧，唐志刚一瞧章大强那模样笑出了声。章大强没听见，他正聚精会神地缝衣服。刚才擦窗户一不小心裤裆开了线。他哪是干活的料，摸惯了篮球的手捏根缝衣针，怎么看怎么别扭，下针远不如投篮那样准。

唐志刚不管章大强是否应允，走上前接过活，飞针走线，动作相当娴熟。章大强两眼随着针来回移动，你还有这一手。

唐志刚只顾做活。

章大强痴痴地说，别说我人大气短，看你补衣服，我想起了我妈，真的。

打结、咬线，唐志刚把衣服往章大强怀里一塞，齐活。

章大强拿起衣服，像是在欣赏一件艺术品一样，翻过来覆过去，看了又看。

谢了，章大强重新穿上了裤子，你在家里干缝纫的吧？

没。

那这手艺从哪儿学来的？

乡下的孩子，没几个不会的，我这还是差的呢。

吴加林瞥了一眼正聊在兴头上的章大强、唐志刚，心里咒了一句：白痴！

骂的谁，他不知道。

不想不要紧，一想，一个寒噤袭来，他的心猛地一缩，头皮发麻。

骂的是谁呢？

新兵大队发津贴，新兵第一次领津贴费，一张桌子横在司务长室的门口，司务长端坐着，桌上是新兵花名册，抽屉里是票子。程序再简单不过，签字拿钱。唐志刚不喜欢这程序的简单。这也太不慎重了，难得的第一次就被这简单随随便便地蹂躏了。轮到唐志刚，双眼却模糊起来，手里的笔悬在半空中迟迟落不下笔，他找不到自己的名字。那最为熟悉的三个字被司务长手指一点，这儿。他挤了挤眼，晃了晃脑袋，“唐志刚”三字才跳入眼帘。找到了，笔落下了，手又颤抖起来。他心里高度紧张，似乎签下自己的名字，一张生死契约立即生效。张大嘴做了好几下深呼吸，他才镇定下来，早已把钱捏在两指之间的司务长，见他签完字，手臂便做了个由屈到伸的动作，拿着。新兵一入伍，每月津贴费是八十块钱。

唐志刚没接，钱不对，他不会接。

司务长本来就对唐志刚签字时的一系列表现有所感冒，一看唐志刚不拿钱，口气有点生硬，拿着呀。

唐志刚双手垂着，这钱数不对呀？

事实上，他早就知道钱数不对的原因。

司务长怒然道，怎么不对？五张十块的，一共五十块，本来就这么多。

听班长说，我们的津贴费是八十块。唐志刚扛出班长做挡箭牌。

你没看小黑板吗？司务长拿钱的手向门外挥了挥，新兵大队统一买的肥皂盒、毛巾、牙刷什么的，一共花了三十块钱，那上面一条一条黑底白字清楚着呢！

不用司务长说，唐志刚也清楚，小黑板上的内容，他看得比谁都仔细。

买东西的钱，可以另外交嘛，唐志刚嘟哝道。

司务长静默片刻，忽然责怪道，你这新兵蛋子，屁大的事还不少，发了再交，这叫脱裤子放屁，你想累死我吗？

唐志刚霎时间直视他，就如面临险情，呆了片刻，他央求道，你给我八十块，我给你三十块，不行吗？说着，他从口袋里掏出三张十块的钱递给司务长。

司务长接过唐志刚的钱，和自己手里的钱捏在一块儿后，又递给了唐志刚，这回是八十块了。

唐志刚再次央求道，这不一样啊，你收下我的钱，再从抽屉拿你的钱给我，不行吗？

司务长隐约之间意识到了什么，照着唐志刚的话去做了。

接过钱，唐志刚两手拿着钱在桌上码齐，右手食指占了点唾沫按着钱的一角数起来，数完了换一个角再数，直到把四个角都数了一遍。他笑了，笑得很灿烂。

谢谢司务长，唐志刚深深地鞠了一个躬，直起腰，他又觉着不是那么回事。自己是军人，这样的谢礼不适宜，随即双腿一靠挺胸收腹，给司务长行了标准的举手礼。

望着颠着碎步跑开的唐志刚，司务长目光痴痴地，微微地摇着头，自言自语道，真想不到，现在还有这样的兵，想不到，想不到哇！

第十一章

班集合后，集体带到排集合点，再带到中队集合点，最后全大队在篮球场集合。

一列列，一排排，一队队，番号如潮，队列似刀削。手中没武器，脚下不是战场，凭什么显示军威？喊番号，番号响，士气足，精神面貌属上乘。一架小钢炮，无组织无纪律地乱轰一气，成不了气候，唯有大伙同时开炮，那声音才有雷鸣般的效果。番号，在和平年代似乎成了一支部队战斗力的标志。这算不算一种悲哀呢？唐志刚的心眼儿多，对部队的一点一滴，他都想剥开表皮，瞧一瞧包裹其里的东西。听到番号，加入喊番号的行列，他总要如此这般地想想。答案自然是藏而不露，他把这归罪于自己兵龄太短。也许，兵当长，见得多了，答案的小尾巴就能被他揪住。有了答案，又能怎么的？人们总是在不停地寻找答案，答案是什么？其实什么事都没有一个真正的答案。答案，只是一种结果而已。结果是结束，是终止，是下一件事情的起点。唉！真要把一件事想透真是累人。唐志刚深谙此道，但遇事还会去想，去细思深究。在现实中，喊番号对他来说只是练嗓门。到了夏奇寒那儿，可就是挑战抑或应战了，咱们班的番号一定要盖过其他班。真是竞争无所不在，就如同部队的条令条例一般，什么都管，吃喝拉撒睡，处处有条令符合规范的痕迹。

一个中队，上百号人，上百架小钢炮同时亮相，有点气势。血性的呐喊，似狂风般掠过苍劲的森林，在空中浩浩荡荡。这和纤夫喊号子不一样，有着本质上的区别。士兵青春的雄性和刚猛，倾注风的呼啸、雨的磅礴，葱绿的灵魂在如诗如歌般的韵律中升腾。三个中队，谁都想压倒其他两个中队，番号便似海浪一样，一浪猛似一浪，没有浪谷只有浪尖。人，身临其中，血管鼓胀，热血以最为青春的方式骚动。

一阵番号的较量，是对士兵心灵的一次洗礼。

为了竞争，班长们把练番号提到了新训初级阶段的重要位置。课表上没安排，班长有权力塞进训练课。岂止是班长，番号喊声软塌塌，干部也皱眉头，这番号，娘们哼哼，好好练练！

踏步走——，一、二、三——四，排头至排尾，流水作业。

夏奇寒经常以这样单个操练的方法，让兵们练番号。

吴加林，声音大点，像蚊子叫，不行，还不行，喊二十遍。

二十遍下来，元气大伤，嗓子嘶哑。暂且放你一马，缓缓再来。吴加林、唐志刚、白小柱都有这吊嗓子的待遇。

饭前一首歌，不唱也得唱。

大队值班员整理好队列，两手向前平举做指挥状，咱当兵的人，预备——唱！

中队干部背着手，来回转悠，不用耳朵听，只是用目光扫描兵的嘴巴。这么多人一齐吼，没办法分辨谁唱没唱。当然嘴巴不动，嘴闭合的幅度不大，那肯定是没唱或不卖力。你没见那唱美声的一个个都是大嘴，嗓门大了，气浪汹涌，小口径的嘴不配套嘛！有些不喜唱歌的兵摸到了窍门，便一味大幅度地运动上下嘴唇，而让声带稍息。

在所有的集体活动中，饭前唱歌是吴加林最卖力的，狠狠地唱，锻炼肺活量，刺激食欲。要吃饭了，不好好活动活动，哪能敞开胃口海吃。这歌一定得唱，一定得花力气大唱特唱。咱当兵的人，有啥不一样？饭总得吃，和自个儿的切身利益直接挂上钩的事，他总是对自己高标准严要求，绝对不允许开小差打马虎眼。

大队值班员的手势尚未停止，歌声已经结束，最后的高音兵们上不去。不能上硬上，也是狼嚎。这和做单双杠不一样，动作上不去，吊在杠上不让下来。唱歌，要的是气氛，不必有多高的专业水平。对一些结尾音太高的歌，兵们都是这么处理的，尽管如此，大队值班员脸还是有点微红。唱歌的不随指挥的手势走，前者若无其事，后者不免尴尬。我要是作曲家，给军歌谱曲，非得说止就止，爬那么高，拖那么长的音，不具备大众化。这些作曲家深入部队太少，闭门造曲，只能供歌唱家唱，普通官兵的胃口喜好他们不关心，也不了解。艺术来源于生活，我是军队千千万万中普遍的一员，恐怕领悟得比你们还深刻。大队值班员再一想，现在在队列面前想这些，不太合时宜，现在要安排的是上午的工作。

稍息，上午原定的训练课目取消，大队值班员说到这儿停顿了一下，任由几百条目光在他脸上乱戳。他刚才的窘意消失了，随之而来的是小小的得意。有意打个顿，本值班员有这权利，我不往下说，撩撩你们。

新兵大队有一整套的计划，每周有周计划安排表，但人为的改动常有，要不然备注栏不会有“如有变动，另行通知”那八个字。既然写上了，就得有它的用场。改动，不是随随便便就能动的，刮风下雨，天气条件恶劣，兵们撑不住了，都不会改。要改，都是因为支队有临时任务下派。说穿了，那八个字是专为支队首长和机关准备的。

把兵们的心情蹂躏了一个短点射的工夫，大队值班员表情肃穆地说，支队政审组来大队搞政审，各班在班里原地待命。

“政审”这词，贾海涛最为敏感。

当初，他应征时就差点没过政审一关。出手出多了，麻烦自然也会多。一次他把街上一地痞的左手扭断了，人家告到派出所，虽然责任不在他，但派出所认识了他，政审时，人家无意中说到这事。接兵干部以对部队高度负责的态度来到村里搞调查，乡里乡亲是看着贾海涛长大的，知道他的为人，便争着替他说好话。最后村主任说了句就那地痞，要不是我老胳膊老腿的，也会上去揍他，胳膊断了是轻的，我恨不得劈了他，那是什么东西？人渣，人也不是，呸！对不起，我是呸那不是人的东西的。

那接兵干部，就是贾海涛现在的排长。

早饭还算丰盛，稀饭、烧饼、油条、榨菜，每人还有一个鸡蛋，这是军委定的。为的是保证官兵有足够的营养，特别是兵，正是长身体呼呼发育的时候，营养跟不上，电充得不足，发育就要打折扣。不过，也有人对此提出异议，一人一个蛋，都是大老爷们儿，听起来不是那么回事，传得不好，还以为部队摧残官兵，都让棒小伙成了残废。

贾海涛一根油条下了肚，脖子一仰，一碗稀饭倒进去，起身离开，今天的胃口不好，嘴想吃，眼睛、肚子、脑子都不肯帮忙。

吃完早饭至上午的操课，一般有二十分钟的空余时间。这是消化食物，调整状态，准备迎接训练的时间。班长可以溜下弯儿，找找要好的几个聚在一块儿抽烟说笑。新兵不敢有这样的权利，饭堂值日的，忙着收拾打扫，眨眼二十分钟就到了，洗完手还得赶紧往宿舍赶，手脚慢的，常常没捞到歇口气，就得集合了。有自知之明的，吃饭前腰带扎在衣服内，完成了值日任务直接到集合地点等集合。其他的兵，顶多趁上厕所的机会，步子慢些算作散步。慢，也不能太离谱，一步三晃肯定不行。班长说了，军人就该雷厉风行，站如松，行如风，平常要和训练一样，只要是走路，都要按照齐步走的动作要领。手上端着脸盆什么的，可以不摆臂（本来就没法摆臂），其余的不能走样。咱们的部队还算是松的，你没看人家美国的西点军校学员走路拐弯一律是直角，手到脚到眼到，没有拖泥带水的过渡，夏奇寒常把这话挂在嘴边。没有上厕所需要的兵，目标宿舍。趁班长不在，窝在一块儿说几句闲话打发时间，估摸时间差不多了，三三两两地出宿舍上操场，等着训练开始。

贾海涛站在篮球场的一角，他在等排长出来。

排长从饭堂出来时，烟已叼在嘴上。这是他的习惯，碗一推，筷子一放，左手抹嘴，右手掏烟，点着了再起身。饭后一支烟，赛似活神仙，能当神仙，谁不当？

排长，贾海涛快步迎了上去。

排长弹了一下烟灰，有事吗？

贾海涛不安地问，排长怎么又要政审了？

排长说，这是好事，政审、体检一过，你们就可以挂衔，哪像现在，没帽徽领花肩章，兵不兵，民不民的。

授衔，戴大檐帽，这倒是个好消息。领到警服，慎重而庄严地穿上，神气着呢。现在班长干部大檐帽，自己戴的是软不拉叽的作训帽，没衔，总觉着警服只是工作服。贾海涛听到“授衔”二字，几乎是一阵晕眩。

贾海涛嗫嚅片刻，又醒了，我那事没事吧？！

排长一按他的肩膀，没事。你那是好事，除暴安良，有什么错？没错！这回政审不如上回那么严，填填表，搞个座谈，走走形式吧。我不说你不说，谁能知道，放心吧，你这兵不错嘛！

排长这样一说，贾海涛的心放回去了，还生出了许多对排长的感激。他有点后悔刚才不该胡思乱想，害得早饭都没吃饱。现在想吃，也没戏了。贾海涛见排长走了，拍拍肚皮，兄弟，今天委屈你了，下回，一定会给你补上。

章大强左手拿着小镜子，右手一把小剪子，下巴翘起，神情专注地剪胡子。他是一络腮胡子，留着挺有魅力，可条令上明确规定军人不许留胡须，他只好忍痛割须了。挺不错，军人的要求没有和尚严，一入空门，个个都是光头，不好！不过，对留不留胡须他也有保留意见。这留不留胡子得看具体情况，不能一概而论，部队的条令条例都是一个标准一个要求，没有特殊情况没有弹性。“八”字胡没铲除，那是电影上汉奸常有的，革命军人这种觉悟当然要有。像他这样的胡子，该留！密密匝匝的胡子，浓眉大眼再加他这副骨架子，背杆枪上哨巡逻，为非作歹之徒这一打照面，就会尿裤子，根本不需要他开口动手。这也算一种震慑力。部队，和平时期的部队需要的不就是震慑力吗？不费劲的，硬是浪费了，令人扼腕长叹。叹惜完了，他还得服从，别无选择。

陶有财坐在小马扎上，两手的大拇指和食指在做交替移动的游戏。游戏机带了，不敢玩，他怕手指长期不活动，丧失了活动自如、轻快灵巧的功能，做活动手指的游戏，算是做保护性训练，以便以后能够照玩不误。手指僵了、笨了，斗不过游戏机的。他那游戏机会说话，一旦他出错或输了，一个笨蛋又一个笨蛋地咋呼不停。本来是玩游戏机的，如此一来，谁玩谁呀？不玩游戏机，做生意的空当拿什么消遣？这些都是非常严肃的问题。遇到问题，他总是非解决不可。

大个子，你这修理胡子的动作也太原始了，现在都什么时代了？！陶有财从挂在墙上的挎包上里掏出电动剃须刀，电器化时代了，使我这个。

章大强接过来，哟，挺高档的嘛！

陶有财眼一吊，那当然，正宗的日本货。

不用，章大强摇摇头。

你不是因为是日本货不用吧，中日友好都几十年了，陶有财说。

章大强又摇摇头，不是，这玩意儿经不起我胡子的考验。我也用不惯，还是剪刀来得实在。

陶有财一叹，还有你这样的人，小心跟不上时代。

吴加林摸了摸下巴，给我试试。

这玩意儿，他是头一回见。刮胡子是假，摆弄摆弄是他的目的。

陶有财眼皮都没抬，你用？干什么用？

吴加林下巴一溜光，还处在热闹马路不长草的阶段，一片不毛之地。

刮胡子呗，吴加林也不谦虚。

刮胡子？哼！陶有财讥笑道，你那小姑娘似的下巴，绒毛都没长，刮个屁。刮你老二的胡子吧，好像也没茂盛吧？一边待着去吧！人家的东西都贱，就你的东西宝贝，什么心态？我陶有财算是聪明，居然也搞不懂。别以为我慷慨大方，这要看是谁，看我高不高兴。

陶有财这番话，贾海涛听起来特舒坦。别的人也大都掩嘴偷笑。

吴加林被臭熏了一通，脸上的肌肉都僵死了，这陶有财也太不是东西了，不就是一把刮胡刀嘛，不借就不借，谁还稀罕。当着大伙儿的面数落我，什么意思，见我吴加林是软柿子，好捏。他想和陶有财好好地干一场。可再想，陶有财这小子话中还有话，这话里的话，他听出一点道道。说我小气鬼，抠门，看来这小子知道我的事，不行，不能和他硬来，把他逼急了，胡乱地抖落，我怎么办？

不借就不借，说那么多干啥，吴加林打消了唇枪舌剑的念头，主动收兵。

贾海涛故意气吴加林，陶有财，借我使使。

陶有财故意大声说，还有识货的，想用就用，说借倒客气了。哎，我说，下回哪位兄弟要用，尽管到我挎包里拿，别把它当回事。个别不是兄弟的，可是除外哟。

说完，他冲吴加林一抬下巴，做藐视状。

吴加林心里吼了一声，陶有财！

贾海涛让剃须刀在光滑滑的下巴上来回撸，意味深长地说，没胡子，撸撸也挺舒服，有按摩皮肤之功效。

陶有财接上话茬，是吗？还有这功能？

贾海涛笑呵呵地望了一眼，这就要看各人修行。

这两人一唱一和，气得吴加林咬牙切齿。他把几次要发起攻击的冲动，都压了回去。他缺少的是勇气。他知道，一旦拉开脸皮，没人会站在他这边。孤军作战，倒不怕，在部队，都是新兵，谁能把谁怎么样。攻击，得要武器，他搜肠刮肚，想不出贾海涛、陶有财有什么缺点。特别是在精神上气势上，他还没法和他俩比。手中没有武器，这是一场注定要惨败的战斗。吴加林满腔怒火，却没东西可烧。当然，一旦时机成熟，他会的。现在只能忍耐再忍耐。

他暗暗发狠，你们等着瞧！

唐志刚找白小柱，是有急事。刚刚得到消息，明天新兵身体复检。自己眼睛近视，万一检查时被摸出隐形镜片，那就完了。不做点小动作过不了关，过不了关，就得打背包走人，据说，每年授衔的政审、体检，都能赶走几个兵。这千辛万苦才来了，再走，一切前程泡汤不说，单单回家就够丢面子的。找谁呢？认识的人中，只有白小柱了。白小柱能帮多少大的忙，他心里没底。不过，当他见到白小柱从大队长房里出来，大队长还送到门口，他似乎又有了点底。

和白小柱一说，白小柱一拍胸脯，这点小事包在我身上，我打个电话就行了。

打个电话就行了？他不相信，可又不好意思多问，人家答应帮忙了，再问，就是不相信人家的能力。唉！就这么着吧，听天由命，别的也没什么能做的了。

小柱，这对我来说，可是天大的事啊，唐志刚没法让自己放下心，虽然他知道白小柱够朋友有能量，答应过的事，肯定能办成。

到了晚上，白小柱对唐志刚说，没问题，电话打过了。

我还是有点怕。

怕什么？多大事儿！

万一不成，那不全砸了？

咱们体检一块儿，有什么突发情况，我来应付。不过，我估计，不会有什么突发情况。

但愿如此。

体检时，唐志刚总觉得自己步子很沉重，就像上刑场一般。

唐志刚！

到！

查视力的小卫生员打量了唐志刚一番，你是唐志刚？

是！唐志刚的心都提到嗓子眼儿了。

视力表能看吗？

我，我——

卫生员举着小棍一戳视力表，看不见吗？

看到，看到，唐志刚下意识地碰了碰眼睛。幸好，卫生员没查他戴没戴隐形眼镜

左眼四点八、右眼五点零，下一个，章大强！卫生员喊道。

唐志刚逃出视力检查室，见到白小柱，白小柱冲他右眼一挤，他感激地点点头。这时，他才发觉后背热乎乎的，汗水把内衣粘在皮肤上。妈呀！吓死人了，他暗自庆幸。

第十二章

明天授衔！

营区内一片节日气氛。

新兵终于可以和没帽徽领花警衔的时代告别了。

刚穿上警服那会儿，往镜子前一站，陡然觉得长高了半截。再不想外出的，都兴高采烈地走亲访友，说是告别，其实是亮相摆谱，讨几句恭维道贺的话。没挂衔的新兵和肩扛红牌的学员，尚处于发展的初级阶段，如同一个刚降生的孩婴，前程不可预测。一张白纸，还未沾半点笔墨，面对它，你可以尽情地想象神游。然而，对新兵本人而言，他们对警服热恋片刻之后，就开始企盼授衔。没有警衔，警服只是橄榄绿色的衣服，并不代表什么。还有那漂亮弧线构成的大檐帽，只能躺在被装仓库里。授衔，快点授衔吧。授衔了，身上的橄榄绿才是真正的警服，自己才是一个真正的兵。

与授衔消息同步出笼的还有四名新兵因政审或体检不合格被退回原籍，大伙儿同情，但巨大的喜悦很快冲淡了这份远离自己的不快。

望着四名新兵一把鼻涕一把眼泪登上卡车，唐志刚鼻子一酸，脸上的泪珠滚了下来。他能体会到他们此时的心情，因为要不是白小柱帮忙，他也是他们中的一员。

四名新兵走了，意味自己过了险关，他想雀跃欢呼，但热泪还是流下了。他不知道这是在替四名新兵痛惜，还是为自己的战术伤心。也是被逼无奈，不这样，终究不能圆了橄榄绿的梦。动机是好的，举动有点见不得人，幸好并没有危害他人。想至此，唐志刚擦干泪水。

晚饭后，夏奇寒分发大檐帽、帽徽、领花和警衔，每个兵伸出的双手都有些颤抖。刚发到一半，班里烟香袭人。

夏奇寒鼻子一嗅，从哪来的香味？

陶有财手里抓着三根香，班长，是我点的香。

弄这玩意儿干啥？夏奇寒想训几句的，转念一想，对新兵来说，今天是个喜庆的日子，少说两句为好。自己当初领警衔时，班长把一名新兵骂得狗血喷头，现在想起来，都恨那班长不体谅新兵的心情。

我在上香，陶有财恭恭敬敬地把三支香插在窗台上的一个小药瓶里。不用说，他早有准备。

上香？

是啊，上香！

上香干什么？

我们那儿有上香供财神的风俗。

别说这个，这风俗中国大地上处处都流行，我是问你今天上香干什么？

我是想变通一下，上香供警衔。

那警衔是财神喽？

在我心目中，是这样，而且警衔比财神还重要。

章大强插话道，警衔和财神扯到一块儿，这话听起来怪别扭的。

唐志刚还没完全从兴奋与烦恼中走出，警衔看起来只是一种标志，是没有生命的红布和没有生命的黄杠组合，但佩戴在肩上，却远远超过生命本身具有的内涵。

看你都成哲学家了，贾海涛接过话。

夏奇寒索性点起一支烟，倚在床边静静地听。让兵们在这个时候交流一番，很有必要。

陶有财抚摸着肩章，丝绸般的滑溜，摸着摸着，手感发生变化，一瞧，碰到黄杠了，红红的长河，横空一道黄色的堤坎，不像堤坎，应该是一根扁担，是条金色的路。

这肩章为什么是红色的呢？他自言自语道。

红的好看呗！吴加林脱口而出。

白小柱凝望着鲜红，绿色是军人的心弦，红色才是军人的最高境界。

你是在作诗吧，唐志刚不满意白小柱的答案，依我看，肩章上的红色和红领巾、国旗上的红色是一个意思，烈士的鲜血染红了她。

遥远，简直太遥远，现在都什么年代了，这些老掉牙的词，让我瘆得慌，吴加林插上话，要我说，红色，是胜利的象征。

贾海涛高声道，忘记历史，就是背叛。

这话好像不是你说的吧？吴加林诡笑道。

贾海涛咬牙切齿道，是不是我说的你管不着，有理的，你就该听，警衔都在手上了，一夜之后，你就是一个真正的武警战士了，怎么说话还像地方的小地痞一样，不地道！

你搞什么上纲上线？现在是自由式讨论，你摆什么威风？吴加林瞪了一眼，转而又耷拉下眼皮。自从上次被贾海涛捉到短处之后，他一直没勇气对抗。被人捏住把柄，滋味真不好受。

唐志刚说，含义是次要的，重要的是我们可以戴警衔啦！

是啊！我为什么要到部队来？为什么撇下那么一大摊生意，大把大把的钱不赚？图的就是这身警服，钱算个鸟，钱哪能买来这套警服？陶有财凝视着肩章，我从小就向往军人，现在我终于成为真正的军人，真好！

唐志刚有些动情，我们每个人为了当兵都有一段故事，尽管当兵的目的有区别，但有一点是相同的，羡慕绿色，渴望拥有一段当兵的历史。

吴加林想臭唐志刚几句，但看夏奇寒听得津津有味，嘴角上还挂着微笑，便把话咽了回去。

好了，时候不早了，大家抓紧把帽徽领花缀钉好，陶有财，我理解你此刻的心情，也知道你的虔诚，我相信大伙儿都和你一样，部队不兴焚香这一套，把这份情感化作日后的行动吧。夏奇寒发现唐志刚正在装肩章，又说，唐志刚，你的肩章别装了，明早你代表新兵上台接受支队首长的授衔，一个排才一个，这是你的荣誉噢！

贾海涛笑了，恭喜你，唐志刚。

唐志刚脸一红，没搭话。

我们都戴上警衔了，还要搞什么授衔仪式？白小柱把装好帽徽的大檐帽往头上一戴。

夏奇寒说，支队首长给你们每人授衔，那要耗多长时间？只能选代表，明天去参加授衔仪式，大檐帽装进挎包里，佩有警衔的冬装穿在里边，外面套迷彩服，到时听口令戴帽子，脱掉迷彩服。

我有个建议，白小柱说。

你说说看，夏奇寒有点好奇。

自己给自己授衔，总不是那么回事，我建议班长给我们授衔，我们举行一个小范围低规格的授衔仪式，白小柱声音突然提高，大家说好不好？

众人齐声叫道，好！

夏奇寒乐了，小柱，你点子不少，你不是有心让我出点力气吧？！

白小柱喊冤道，班长大人，我可没有这个胆。

想想还是不错，夏奇寒摸了摸下巴，好吧，大伙儿把衣服穿好，帽子戴上，我算吃点亏。

兵们一个个挺立着，夏奇寒挨个儿地替他们套上警衔，他突然觉得，当初自己戴警衔的举动太窝囊，名不正，言不顺。

敬礼！白小柱下了一回口令。

兵们举起右手，正正规规地向夏奇寒行军礼。

好了，都是真正的兵，是兵，就得有兵样，别对不起这警服。兄弟们，好好干吧，夏奇寒举手还礼，说完话，陡然间生出一丝伤感。

陶有财一乐，班长，你这话倒有点出征前的鼓动。

啰里吧嗦的，叫战前动员，唐志刚做了个鬼脸。

夏奇寒说，不合时宜吗？

此语一出，兵们怔怔地看着夏奇寒，表情异常凝重。他们在思考一个共同的问题，戴上警衔，除表明自己是一个真正的兵，还意味着什么？

好了，都给我收拾利索，把自己好好打扫打扫，整出个新形象参加授衔仪式去。对你们来说，这是一个新的起点，夏奇寒开始检查兵们缀钉的领花符不符合要求。

陶有财握着茶缸对吴加林说，兄弟，传授传授你熨衣服的经验。

熨什么衣服？你们平常不是都说我虚有外表，搞得像归国华侨似的，怎么，你也堕落了？吴加林趁机反击。

平常不要讲究，明天参加授衔仪式，不讲究点，有损咱武警的光辉形象，我这不是为了个人漂亮，而是从大局出发，为维护武警形象做点芝麻大的贡献嘛，陶有财扬声对大家说，我说得没错吧？

经陶有财一提醒，大伙儿都觉得把衣服熨一熨十分必要，纷纷找茶缸，倒开水，把警服摊在床上，屁股朝天熨起来。一时间，屋里蒸汽缭绕。

陶有财说，我笨手笨脚的，你是行家了，帮一次忙吧。

我没空，吴加林不领情。

章大强瞅了一下，大笑不止。

你笑什么？吴加林知道这笑是冲着自己来的。

你是没空，你得钉领花呢，章大强一手指着吴加林的警服，一手握着茶杯，茶杯因他的抖动，抖落出许多水滴。

吴加林这才发觉领花钉在了衣服的反面，他一边取下领花重新缀钉，一边反驳道，我怎么钉，关你什么事？！

陶有财见吴加林不愿帮忙，便自己动手了。他不爱和吴加林这种人计较，不是有失身份，而是总感到吴加林这人没劲。有时，他甚至在想，吴加林这人，怎么会想当兵的？

往常动不动就熨衣服的吴加林，今天反而不熨衣服了，这倒不是他想与众不同，而是没有心思。

他在想那四个被退回去的兵，听说除了一个在家有小偷小摸行为被派出所挂上号的外，其他都是身体不合格的。想当兵，部队不要，身体是爹娘给的，自己根本没有机会做主，也就不是自己的错，退回去就退回去，走得理直气壮，自己怎么没想到呢？刚到新兵大队，有股新鲜劲儿，天南海北的兵，看着好玩，各种各样的口音，挺有趣的。一星期没下来，有些撑不住了，训练，训练，除了训练还是训练，稍有点跟不上趟，班长的目光比父亲还毒。最受不了的是跑步，一趟五公里，开始跑时浑身冷得鸡皮疙瘩直冒，跑着跑着，严重缺氧，头昏眼花一不留神就会栽倒。还有那队列，没完没了地走来走去，不但累而且乏味。一到这时，他就骂老爸，把自己亲生儿子送进地狱，罪孽啊！听夏奇寒无意中说，三个月的新训只是打基础，真正的训练是在下中队以后。三个星期、三个月、两年，还有没有头？授衔，走在大街上是神气多了，可这要付出代价的，惨痛的代价。大檐帽是好看，可戴在头上，还不跟紧箍咒似的。自己怎么这么笨，弄点毛病出来退回去多好，老爸也没法子怪罪。现在惨了，这条路给堵死了。有什么办法能脱离苦海，重返以前的快乐生活呢？

猛地，他心里蹦出一个可怕的念头。这念头，好像早已潜伏在他身体的某个部位。

吴加林！夏奇寒叫一声。

到！吴加林慌忙答应。

还磨蹭什么，抓紧点，快就寝了。

是！吴加林强行中止思想的旅行，那可怕的念头又暂时尘埃落定。也许会有变化的，到部队这么些天，不是发生了许多事吗？隐约之中，他心中生了希望的火星，但愿会有变化。尽管他不知道自己企望什么样的改变。

唐志刚睡觉时把肩章摆在手心里，一手一个，双手交叉置于胸前。想到明天在几百双眼睛的注视下，他走上主席台，接受支队首长的授衔，呼吸瞬时加快，胸脯起伏，手和肩章如同坐在船上。这艘船将要驶向何方？一个排一个，不算百里挑一，也称得上排里挑一吧。为什么会选上我呢？贾海涛恭喜他，他没吱声，他不想太张扬。这已经够出风头了，背后还不知道有多少双贪婪的目光想把我撂倒呢。会是谁给我授衔呢？支队长、政委，还是谁？是谁都行，反正是支队首长，首长肯定要问我叫什么，这么一来，我这个新兵就在首长心中有印象了，还是好印象嘞，这才是最重要的，这算不算一种成功？邻村的老兵讲，到部队干，要用心瞄准，无意击发，是什么意思？难道我已经击中靶心了，应该是这样，怎么不问一下班长，为什么让我做代表呢？班长会怎么说？不用问，一定是认为我表现好。这种事，不是表现好的，轮不上。听说还有新兵代表发言　怎么不选我？发言比授衔还有意思，还能说明问题。唐志刚啊，唐志刚，人心不足蛇吞象，别想着一步登天，慢慢来，没坏处。

章大强的鼾声又起奏了，这个大个子，就知道睡，唐志刚嘟哝了一声。在章大强的鼾声开始有节奏时，唐志刚打了个哈欠闭上眼睛想尽早入睡，但一点睡意也调动不起来，翻来覆去一阵子，他索性坐了起来。

他又想起了那四个兵，他们这会儿在哪儿了？肯定没到家，还在车上呢。他们在想什么，是不是被摇摇晃晃的车颠迷糊了，不，这会儿他们一定睡不着，和自己一样，想睡都睡不着。他把肩章摸了又摸。来之不易啊！穿上这警服，自己是个兵，可我的思想像个兵吗？近视眼，怕过不了关，找白小柱疏通关系，这有悖一个兵的行为准则。这样做，是在给头顶的国徽抹黑啊，可不这样，兵就当不成了，被退回去的不是四个而是五个。主动检举自己，那不成，自己无情地砸碎自己的梦，于心不忍，砸碎的岂止是梦，是我唐志刚整个的精神世界。应该想想怎么补救，怎么修复这伤痕，当个好兵，多为这身警服绿色增光添彩，不再做对不起警服的事。从何做起呢？戒烟，对，戒烟，新兵大队不让抽烟，这规定不管对不对，是规定就该执行。当个好兵与抽不抽烟并没有什么直接的关系，电影电视里当兵的，尤其是指挥员，都有抽烟的嗜好。烟，似乎还能使军人的形象更加饱满。不让抽烟，没道理啊！别给自己找理由，违反新兵大队的规定，这兵就没当好，戒！戒烟，从此与烟恩断义绝，要是以后下中队废除了这一条禁令，再和烟破镜重圆也无妨。

夜渐渐深了，残星挂在空中，若隐若现，没有月亮的柔和，更没有太阳的热烈，但它们同样以微弱的暗光昭示着自己的存在。对人间有没有贡献，不得而知，但它们顽强地坚守自己的岗位。不知名的小虫藏在枯木草丛间，也许在砖缝里，发出呻吟般的叫声。它们在与冬天抗争。新兵大队的营房，一草一木都沉睡了，沉睡在冰冷氤氲的气体之中。

这个夜晚很特别。说特别，是因为有许多兵睡不着，如同他们到队的第一个夜晚一样。

第十三章

部队流行这样一句话，新兵爱写信，老兵好有病。也有这样说的，新兵信多，老兵病多。意思一样。新兵大队老兵少，就那三十来个老兵淹在几百号新兵里，成不了什么气候。当然，这是指有关老兵的病是不是多的问题。其他的，正好相反。

新兵大队的通信员，每天寄信、取信都是背着大背囊。沉，很沉，沉的不但是信封信纸本身的重量，还有别的。上午的训练一结束，兵们就拥向收发室，拿自己的信，替别人代拿。拿到信的，举得高高的，很夸张地炫耀一番后，找一自己认为有助于烘托看信气氛的地方细品慢品。也有的拿到信就迫不及待地拆开，一个节拍也不耽搁。章大强就是这样的。每回他拆信都把信封撕开一个豁儿，不像唐志刚都是用小剪刀，很小心地剪开一头，剪下的那窄窄的长条纸，也会被很小心地放在信封里。这婆婆妈妈的动作，章大强看不习惯，别说信封烂了，信纸缺一个角，或被撕成两半，又有多大事，不影响看就行。吴加林喜欢代别人拿信，干什么？借机敲敲竹杠。

嘿，有你的信！

真的？

错不了，你看！

给我！

当然，不过你得表示表示。

只要有信，哪还顾得上那么多，表示表示也是小意思，心里快活。

吴加林是乐此不疲。

唐志刚号称七班的写信第一高手。据陶有财分析，很可能还是一中队，及至整个新兵大队的第一高手，只是没有确切考证过。到新兵大队的第一个晚上，唐志刚三小时写了十六封信，每封信都在一张半纸左右。每天写信看信，占据了他相当一部分的业余时间。屁股大的班，设施是再简单不过了。五张高低床，一个脸盆架，十个小马扎，一张桌子，一把椅子，是全部的家当。背囊统一放在床下，桌子说是班长专用，其实只说对了一半。上面的一溜牙缸、一溜肥皂盒，整整齐齐，就连插在牙缸里的牙刷也如同兵列队一样，一律半面向右转；肥皂盒上的毛巾，叠得像微型被子。毛巾是湿的，很容易整得有棱有角。夏奇寒常常指着毛巾对兵们说，下下功夫被子也能和这一样。这话不假，他的那床被子，就和毛巾叠得不相上下。

兵们写信写日记，或写点其他什么东西，把马扎往床边一支，床当桌子，只能这样。半小时下来，腰都直不起来。自然，像唐志刚这样的写信高手，就更不用说了。夏奇寒不偏不倚，风水轮流转，桌子轮着用，他自己也不搞特殊化。他这班长，做到这份儿上，也算是做到家了。

贾海涛自动放弃了这一待遇，轮上他用桌子，他不是让给唐志刚用，就是送个人情给章大强。在七班，他写信是最少的，一周给父母写一封，给小对象起先是一周两封，最近，好像少了。晚饭吃了，新闻联播看了，小操也出了，再有半小时，就寝号会在企盼中降临。这段时间，是不算自由活动的自由活动时间，兵们爱干什么，就能干什么。夏奇寒坐在床边看武侠小说。金庸的《鹿鼎记》写得煞是精彩，他这是看第三遍了。不是没书看，书多的是，尤以武侠小说居多，要不然，怎么能称得上铁杆武侠迷。好看，耐看，再看也过瘾。他拿起《鹿鼎记》，就如同瘾君子看见了大麻一般。桌子让给了唐志刚。唐志刚这时最需要的就是一张桌子。

白小柱上气不接下气，神色慌张，一进门便嚷道，注意、注意，有情况。

白小柱这一声异乎寻常的咋呼，真是一石激起千层浪。兵们全起来了，忙的闲的都起来了。夏奇寒以最快的速度把书往褥子下一塞，是不是队干部朝我们班走来了？他是问问，兵们却当真了，一个个检查衣服是否齐整，风纪扣有没有扣上，迅速地调整精神状态。他们要在干部进门前，做好一切迎接首长的准备。以前有过措手不及的时候，大跌面子。

我的袜子呢？吴加林有脚气，动不动就痒，修理脚丫子，是他的一大业余爱好。脱了右脚的袜子，他正在感受那集舒服快感于一体的感觉。被白小柱一吓，他脑子里一片空白，想穿袜子却找不着。

夏奇寒闻声眼一扫，找你个头，不是在你手上吗？

吴加林这才注意袜子是在自己手上，对对，我自个儿拿着呢。

大伙儿都扫了吴加林一眼，想笑，但都没笑，这时候没心情、没时间。

哈哈哈……，瞧你们一个个的，哈哈哈……白小柱努力了又努力，才止住了大笑，哪个干部来，影也没有，我是说，今晚要搞紧急集合。

不会吧？夏奇寒不相信。

搞紧急集合，也是新兵大队一个训练课目。是训练课目，他夏奇寒应该知道，训练兵，又不是训班长。这么大的事，总得有点动静，至少排长会悄悄地通知各班长。夏奇寒没得到这方面的消息，他不相信真有其事。他是能得到消息的，哪怕是模棱两可的，或是暗示性的。

白小柱胸脯一挺，千真万确。

从什么途径搞来的？夏奇寒还是不相信。

这不能说，反正真的假不了，白小柱卖起关子，信不信由你，我可是为大伙儿着想的哟！

小柱，给个痛快，章大强不甘心。

白小柱眨眨眼，信不过我？

不是。

那还问干啥？

陶有财哼道，搞什么鬼？

白小柱气道，哎——，这话怎么说的，我可是一片好心，你倒当成驴肝肺了！

唐志刚笑道，哪能！小柱，咱们不是心里不踏实嘛！

白小柱下巴一昂，早知道如此，我多事干嘛，好了，就当我没说，真是的！

准备就寝的号音响了。

夏奇寒手一指，好了，洗洗弄弄，准备睡觉吧。

一刻钟后，熄灯号响了。新兵大队雄性的激情如同熄灭的灯一样，消失在黑暗中，这实质上是一个发酵的过程。到了睡觉的时间，就得睡觉。这对每一个新兵来说，多少都有点不适应。不适应，也得适应。用夏奇寒的话，部队，是叫你干什么你就得干什么的地方，什么叫适应，什么叫不适应？兵，只有一种选择，执行，死心塌地、不打折扣地执行。

熄灯前，白小柱已经把被子捆成了背包。大伙儿看白小柱不像是在谎报军情，也都做好了紧急集合的准备。宁可信其有，不可信其无。这一切，夏奇寒没做。一来他不相信白小柱能刺探到他这个一班之长都不知道的情报。谣言，新兵神经紧张瞎传的，自己吓自己。二来即使真有紧急集合，他也能忙而不乱地披挂上阵。老兵，这点素质没有，这兵岂不是白当了？

背包当枕头，衣服不脱，鞋子不脱，直挺挺地躺在床上等。吴加林准备最充分，腰带扎得好好的，帽子抓在手上，只要紧急集合哨音一响，就能拎起背包跳下床直往集合地点冲。

就是刚才，白小柱上厕所回来，在楼梯口下楼的大队通信员没刹住脚，差点把他撞倒。对不起、对不起，正找你呢，通信员赔着笑喘个不停。白小柱对通信员没什么好感，虽然和自己打照面时客客气气的，但见到干部像耗子，在新兵面前傲得一头屎，这也叫兵，人模狗样的，贱！干什么？白小柱白了通信员一眼。你家来电话，大队长让我找你，快去接吧。通信员的话没说完，就把白小柱往楼上拉。我自己走，白小柱甩开通信员的手。通信员讨了没趣，只得让白小柱先走，他跟在后头。在所有的新兵中，只有白小柱敢对他这样。

报告，白小柱没忘记应有的礼节。

大队长一招手，快接电话吧。

接完电话，大队长亲切略带神秘地说，晚上大队搞紧急集合，你留点神。

嗯，白小柱一阵窃喜。走到门口，大队长又说了一句，只你一人知道，别外传。

白小柱没停步，出了门，一路狂奔，他要把军事秘密告诉全班。他想到了“背叛”这个词，管不了那么多了，不通知班里的战友，是罪孽，天大的罪孽。

狗咬吕洞宾，不识好人心。白小柱眼瞪着漆黑的屋顶，心里委屈死了。把大队长供出来，大伙儿准相信。但这他做不到。现在这样，已经是出格了，大队长是关心自己，才把不该说的说出来了。要是对大伙儿全盘托出，大队长怎么办？万万使不得。

一束光在班里摇晃，是中队长来查铺。

都给我放被子睡觉，中队长低声命令道。

兵们开始慢腾腾地解背包带，命令，谁敢违抗。夏班长，中队长问道，你们这是干什么的？

夏奇寒如实回答道，他们听说晚上要搞紧急集合。

搞紧急集合，我怎么不知道？中队长的确一无所知。

队长，真没这计划？夏奇寒打听道。

什么蒸的煮的？明天我不敢说，今天本队长没接到通知。中队长又说，当然喽，即使真有紧急集合，你们也不该这样，这事你这班长负有主要责任，下次再有此类情况发生，别怪我拿你是问。你看看你们，这是干什么？都给我老老实实睡觉，吃饱撑着了？

莫名其妙，中队长摇摇头走了。夏奇寒说，听到了吧，安安稳稳地睡吧，明天还得出操呢。

中队长没骗我们吧？吴加林脱口问道。

夏奇寒认真地说，凭我对中队长的了解，这回他说的是真的，你把心放到肚子里去吧。

兵不厌诈，还是小心为上，贾海涛说。

白小柱没发表意见，又在打背包，这回连鞋都插在背包上了。大队长不会骗我，没理由哇，他给自己喂了个定心丸。闭目养神，不能放松警惕。

没过上半小时，班里除三人外，都迷迷糊糊地进入梦乡。

贾海涛在想他的小对象凤玲。她已经两个星期没来信了，真让人心急。

月光下，他和凤玲相约在小河边。两人坐着，一时都找不着开口的话。他有些紧张，现在不是从前了，当兵了，穿着警服在这个时候这种地方和一个大姑娘坐在一起，让人看到影响多不好。他和凤玲已经谈了一年多了，吻也吻过，抱也抱过，恋爱男女之间该有的他们都有过。以前不是这样，相拥相依，喃喃呢语，亲亲热热。今天咋了？双方似乎都有一种陌生感。他侧脸看着凤玲，嘴里有些干渴，晚饭时汤没少喝，那汤不咸呀。渐渐地，他心里拱起一股冲动。不能这样，现在是个兵了，不能这样，他在努力压抑自己。海涛哥，你明天就得走了，还是凤玲先开的口。淡淡的忧愁，让他身不由己地伸出一只手，揽住了她的腰，这一揽，两人浑身都烧了起来。

你这一走，不会把我忘了吧？她的声音在抖，浑身也在抖，抖得很厉害。

他觉得她有些可怜有些委屈，顿生了许多男子汉的责任来，一种必须向她表明真心和信义的责任。他很认真地说，不会，怎么也不会。

她头歪在他的肩膀上，谁知道，一出去还不知把人家忘成啥样呢。酸溜溜的话，使他嘴越发干渴起来。

他在想该怎样让她相信自己。

……

他的记忆开始发生紊乱，似乎有无数的碎片在眼前飘舞。眼睛是闭着的。即使睁着，又能怎样？黑暗，只有黑暗。漫无边际的回忆，促使他想抓住什么。毕竟，回忆无法有实实在在的感觉。翻过身，他趴在床上。褥子下有他需要的一切，稿纸、手电、钢笔。蒙着被子，他给凤玲写信。唯有这样，他才能挥去虚无。

唐志刚相信白小柱，尤其是看到白小柱又重新打好背包，他更没有理由不相信白小柱。白小柱是什么人？他老子在这座城市是绝对硬邦的，谁都得看他的脸色。部队怎么啦，部队也是人组成的，是人组成的就免不了或多或少地存在作为人所共有的一些东西。在新兵大队没有他白小柱做不了的事，只要他愿意。没有他不知道的事，只要他想。他不是那种趾高气扬昂着下巴看天走路的高干子女，许多时候，大伙儿都忘记了他家庭特殊的一面。人缘好，是他最大的优点，也是最具个性的一点。搞紧急集合，班长队长不知道，按常规他不可能知道，事实上，他完全有条件知道。可以想象得出，提供消息的人，是不愿他张扬、泄密的，但他不了解白小柱。说了，本是为大伙儿好，但就是有人用冷屁股去迎人家的热面孔，白小柱现在一定有点委屈。唐志刚有过这种做好人被误解的经历。新兵大队有规定，熄灯后必须上床睡觉，不得随意走动，不许说话。这规定禁锢了唐志刚劝解劝解白小柱的想法。他侧耳静听了片刻，根据经验夏奇寒已经进入了梦乡。侦察有误，不可能。现在，他的功夫已登峰造极，只是固有的习惯，一时还无法改变。烟、打火机摆在手里已有时辰了，等的就是这时机。那天晚上戒烟的念头到了第二天天亮就烟消云散了。在厕所抽烟，味冲，而且只能是白天，晚上睡觉前瘾上来得有解决的办法。披衣上厕所，天太冷，不划算。又要抽烟，又要不受冻，班里是最佳的。阵地的转移，最难办的是如何抽烟而不被发觉。刚开始，他躲在被窝里抽，安全是安全，可憋得慌，散不去的烟雾呛得两眼流泪。瘾过了，罪也没少受。后来，他经过刻苦磨炼和精心设计，有了更好的办法。把燃着的烟头伸进空易拉罐里，可遮住火光，每一口烟都生吞不留一丝一缕，只进不出。夏奇寒也是烟枪，对烟味并不过分敏感。因此，他的技法很成功。中午午休，甚至是只要夏奇寒手头上有事顾不了他时，他都可以做到。白天，可以不用易拉罐。至于烟灰、烟头，有个好去处，高低床的铁管啊。他睡上铺，铁管上口是开着的，掐灭了扔下去，万事大吉。一根铁管两米多长，核桃那么大的口，无须担心有放满的一天。即使是有前辈如法炮制了，把铁管里的空间用去了一半，甚至更多，还有第二根、第三根、第四根，都用完了，还有第二条路，易拉罐。总之，办法总比困难多。有什么好愁的。要愁，愁烟。新兵大队有小卖部，生活用品、食品、饮料应有尽有，唯独没有香烟。想外出，难上加难，买烟，是要愁的。当然现在不用，他还有一条多，够撑上十天半月。到时候再说吧，现在愁多熬人。

怎么会这样呢？白小柱躺在身上，一门心思在死想。大伙儿都怕搞紧急集合，他知道。第一次开班务会，夏奇寒就用很严肃的口气警告新兵，在新兵大队可得精着点，要不然，你们有吃不完的苦头。当兵了，一天二十四个小时都是部队的，没一分一秒是你们自己的。睡觉，也得留个心眼儿，什么时候搞紧急集合，不好说。紧急集合嘛，就是听到一连串急促的哨音后，立即穿衣戴帽打背包，以最快的速度向集合地点跑。不许开灯，不许讲话，着装错了少了，速度慢了，都会有说法。这说法肯定不是表扬你。有了消息，不对大伙说，不是他白小柱的为人。有备而战，可以少去许多恐惧、惊慌，更可少去挨训的机会。好事哩。不承想，结果会是这样，他真想把大伙儿都哄起来大声地告诉他们，这消息是大队长透露的，大队长不会对他说假话。但他不能，那样做，太对不起大队长了。睡不安稳，他轻手轻脚完成了下床的动作。章大强的呼噜时高时低，颇有章法。这大个子，睡得真香。他又想不通了。熄灯号一吹，章大强很快就能睡觉。有时这边看他躺下去了，那边就能听到他的呼噜声。能睡，是一种福气。他想不通自己为什么不能像章大强这样，说睡就睡。他甚至想，要是脑里有个睡眠定时开关也不会受这份罪。到新兵大队后，睡觉是他最不适应的。准备就寝号，准备睡觉；熄灯号，开始睡觉。睡不着，也得在床上干躺，这规矩不好，简直是在整人。还是在家里好，想什么时候睡，就什么时候睡。不想睡，看电视逛夜市溜歌舞厅，消磨时间，消磨精力，犯困上床，一觉到天亮。上了床睡不着，有的是催眠的办法，捧本杂志，听听歌也行，充分地放松，在不知不觉中沉入梦乡。这儿不行，戴耳机听音乐也不让，催眠只剩下一种方法，数数。这一招，对他不灵。人家是越数越迷糊，他是越数头脑越清醒，那还睡个屁。部队，什么都给你划圈定型，不管你愿不愿意，习不习惯。唉，也许这就是部队之所以成为部队的缘故吧。睡不着的夜晚很多，熄灯后离床下地，他是第一次。

外面，并没有屋里这么黑。

立在窗前，目光投向窗外。大操场摊在眼前，如同一个安详的少女，温柔之中散发着诱惑，一种不可抗拒却又令人心悸的诱惑。投入她的怀抱，需要胆量和精气神。要想成为一名真正的军人，只有投入她的怀抱。这是唯一的选择。

今夜搞紧急集合，大队长会带着值班员提前来到大操场。

他在等，不单单是在等那一阵急促的哨音在大操场上回荡。

不知何时，唐志刚也来到了床前，白小柱扭头看了一下，又扭过了头。唐志刚没有说话，一手搭在白小柱的肩上。白小柱顿时有一股暖流在体内涌动。

他俩静静地站着。

兵们并不知道。他俩静静地站着，更不会有人知道，是为他们而静静地站着的。

这样的夜晚，有月光一定很美。可惜，今夜的月光隐去了，真可惜。

这样的夜晚，应该是有月光的。

这样的夜晚，很冷。

第十四章

大操场上冒出俩人，白小柱和唐志刚辨认一番后，都确信是大队长和值班员。相互间没交流，没有传递，做的却是同一个动作，转身戴帽子扎腰带背背包，挨个儿叫大伙，醒一醒，要搞紧急集合了。大伙儿从梦中惊醒，慌里慌张地找这找那，手忙脚乱地着装。紧急集合，先干什么后干什么，有程序。班长灌输了好多回，每人几乎都能倒背如流。背是一回事，做是另一回事，尤其是在这种情况之下。混乱，代替了程序。幸好有白小柱、唐志刚两位，给他们提供了时间差。否则，会更糟。

紧急集合的哨音，是在零点零分零秒响起的。

这时刻是大队长精心挑选的，昨天与今天，今天与明天之间的焊接点。很有诗意，尽管他不写诗，也看不懂诗。

紧急集合训练，是新训必不可少的课目。为了使训练真正起到训练的作用，他的保密工作做得相当好，整个新兵大队只有他和白小柱知道。告诉白小柱听，他自有道理。支队长送白小柱来时，用一种很少对下级说话的口气说，交给你，别让我的工作难做。话少，却是沉甸甸的。要说白小柱和有些高干子弟不一样，肯吃苦能吃苦，听夏奇寒反映，白小柱训练成绩中上游，干什么都不拖后腿，在班里人缘挺不错的。紧急集合不同于别的训练，把白小柱当作例外，意味深长。

值班员吹出的哨音睡意蒙眬，大队长品得出来，也只有他能品得出来。老兵，对哨音的分辨烂熟在心。值班员睡得很死，起先大队长没能叫醒他，到后来套用了家长拽耳朵起床的动作，才把值班员搞成现在这样的半梦半醒。

兵们闻声冲向集合点，列队，外出跑了个五公里，讲评，解散，紧急集合训练宣告结束。七班，整体上还可以。最突出的就是跑步时没像别的班的一些兵，背包没打紧，有一半路程是抱着散了架的被子跑的。

闹腾了一回的福利是早上不用出早操，可以多睡半小时。这种福利，对新兵来说，比什么都强。

大伙回来时没有一个讲话的，默默地脱衣上床。别的班不同，你一言，我一句，说说笑笑持续了有半个多小时。七班出奇地静，这是从来没有过的。

后半夜，白小柱睡得很甜。

第二天，夏奇寒利用早饭后操课前这段略显悠闲的时间，找到白小柱。

他想知道一件事。

就新兵班而言，班长是十人之中最为孤独的，正所谓高处不胜寒。新兵与班长之间有堵墙，一堵根本无法推倒的墙。这墙和人与人之间的那堵墙还不太一样。新兵就是新兵，班长就是班长，这墙时刻都在，时刻都坚实无比。夏奇寒不在班里，是班里气氛最为宽松的时候。这时候，大伙儿的肉体和精神都能够得到尽可能的松弛。只要夏奇寒在，兵们的心理活动状态立马由稍息转为立正。高度紧张，高度戒备。

白小柱，跟我出来一下，夏奇寒一手提着腰带一手拎着帽子边往门外走边说。头没有回。没必要。

是！白小柱扎好腰带，戴好帽子，跟了上去。不问做什么，没必要。

他心里打鼓，班长找我什么事？我是不是做错了什么？

大伙儿不想这么多。班长走了，是心情放假的时候。亮开嗓门，海吹神侃，谁的口才都棒。此时不吹，更待何时，开吹呗！

出了班，夏奇寒有意放慢脚步。他慢，白小柱也慢，始终保持新兵与班长走路时常有的距离。

楼前的一棵树，是他们谈话的去处。

夏寄寒戴上帽子，腾出一只手摸树皮，跟你打听个事。这种谈话的开头，他是经过慎重考虑的。以他班长的身份，他完全可以不兜这个圈子开门见山地问。白小柱是新兵，是新兵就不会在乎问话的方法。问什么答什么，新兵历来都是如此。把问话来点艺术，是因为他对白小柱肯不肯说实话没把握，没把握就得讲点技巧。目光定在白小柱上衣的第二颗纽扣（从上往下数），表情平淡，淡得几乎没有任何内容。

班长，你有啥指示？白小柱在离他一步之地实施立正的动作要领。脖子以下精确到位，脖子往上没按要领来。在这么近的距离直颈抬头目视班长，他没这勇气。任何一个新兵，都不会有这样的勇气。勾头，眼盯着班长那没有任何视觉兴趣的鞋头。都是解放鞋，只有大小新旧之分，还会有什么？看，不是想看，是因为面对班长，这是目光最好的靶子。

哪里话，不是指示，只是打听打听。他嘴角露出平时很吝啬的笑，我想知道你是从哪儿得来昨晚要搞紧急集合的消息的。顿了顿，他又说，我只是随便问问，感兴趣而已，没有别的任何原因和企图。他这个班长有点噱头。说出的话，一环扣一环，句句柔软之中潜着坚挺。本班长想知道的，你得说哟。说明知道的原因，是让你甩去负担，大胆地说。一紧一松，不说，从哪个角度都不合情合理。

白小柱沉吟片刻，说，对不起，班长，这事我不能说。

不能说？他没料到白小柱会这样回答他。

真不能说！

为什么？

我是军人。

这跟军人有什么关系？

具体的，我也说不上来。不过，我知道是军人就不能说。

那我告诉你，军人，首当其冲是的服从。

你没命令过，是打听。

如果我命令你呢？

你命令我，我说，但你不会命令我。

他把目光戳在白小柱的额头上，摸树皮的手陡然五指弯曲发力，脸色渐渐纸白。

静，死静。

瞬间，有时也会给人漫长的感觉。

他相信了。

其实，你不说，我也能猜到是谁告诉你的。

谢谢班长。

哦，谢谢，谢我什么？

我没说，你能猜到了。这样，可免我陷入进退两难的境地，我应该谢谢你，谢谢你救了我。

操课内容是学习射击学理，这让新兵们异常亢奋，内容本身，他们不感兴趣，感兴趣的终于盼来了摸枪的机会。

队列训练，兵们只用耳朵，照口令去做就成。上射击学理课，耳朵一边休息去，用眼。两眼，都不够用。教员讲什么，他们不管。要紧的是看。看枪。兵们的目光，把教员手里的那把八一式自动步枪缠得滴水不漏。

幸好，第二堂课是练习枪的分解结合，要不然，这把枪说不定会被兵们的目光生吞活剥了。

分解结合并不难，把能拆的按顺序拆下来，再装上。难的是一个班只分到两支枪，地道的僧多粥少，头疼的是帮僧早已饿得头昏眼花心乱跳。

夏奇寒肯定是忘了这一茬，要不然他不会让唐志刚、贾海涛俩人去领枪，而他却和排长抽烟聊天。

唐志刚、贾海涛一人抱一支八一式自动步枪，以不能再缓慢的步子回到班里。大伙儿凑上来，你摸摸、我抱抱，两支枪沐浴着男儿阳刚般的温情。问题出在哪俩人先搞分解结合。

唐志刚的理由十分充分，枪，是我们去领的，理应我们先来。

贾海涛连声附和，是啊，是啊。

陶有财不愿意，这不公平，你俩已经抱了这么长时间了，上哨还轮班呢。

是个屁，章大强从贾海涛手里夺过枪，按队列中的位置来。章大强在班里是最高，九个新兵，他是排头。队列训练，向右看齐，说白了，就是向他看齐。

排头，排头怎么啦！吴加林嘟哝了一句。提到排头，他不舒服。他列队紧挨着章大强，属第二名。一到队列训练或者是集合站队，夏奇寒就数落他连看齐都不会。看不齐，他不怨自己，怨章大强，你章大强不在，我就是排头了，是排头，怎么站怎么走都行。排头，他妈的，我就是栽在不是排头的份儿上。有气还不敢出，这让他更来气。

贾海涛伸手去抢，章大强伸直手臂，将枪举得高高的。贾海涛抓枪抓了个空，五指落在章大强的胸口。妈的巴子，你敢打我，章大强一拳砸向贾海涛的肩窝，力大的人出手再轻也是重。贾海涛一个趔趄退了两步，不过没还手，这倒不是因为他不是章大强的对手。你还真打人，他话出口，眼里也湿了。

章大强实际上是情急之下的一种本能反应，拳头落下后，他自己也被吓住了。想收回，已经晚了。

兄弟，枪给你，你打我，章大强挺着胸脯把枪递给贾海涛。贾海涛没接，也没打。章大强这么一说，他的气消了，一揉眼，我也不对。

白小柱一翻白眼，个子大算什么，要我说，按姓氏笔画来，你们没见一公布什么名单，不都这样。

不行，不行，贾海涛手摆个不停。

陶有财站在小马扎上，两手做了个安抚的动作，诸位，听我说一句。

他这一喊，效果不错，大伙儿都静下来。

迎着征询的目光，他有点不好意思，挠挠头，捏了捏鼻子，我，我有个建议。

关键时候染上了口吃的毛病，他恨自己不争气。生意场上，什么样的场面没见过。这会儿，倒有点打怵。

章大强等不住了，说啊。

咱们来个公平竞争，他咳了一声说，抓阄儿，凭各人手气。

众人一致通过。

夏奇寒回来时，一切都已烟消云散。

第十五章

新兵大队不是机关电影组的常规放映点，但为了改善新战士的精神生活，破例一周给新兵大队放一场。时间是每周五。这电影放起来，新兵自然高兴。高兴的还有电影组的几位放映员，平常到基层放电影，搬机器的苦力活都是自己干。虽说是基层，却和以前的基层大不相同了，现在哪个中队没有卡拉OK，家庭影院。以前从个体音像出租点租来的录像带和影碟，现在网络上的电影资源更丰富，更及时，虽然没有黄色的和三级的，但还是能要刺激有刺激，要惊险有惊险，电影组来的片子没法比，放的都是过时的电影，至少比电影院的晚半年。本来，部队有许多东西就跟不上时代。人家坐老板椅，这边还坐小马扎。那边火箭上天航天飞机起落不停，这边还在拼命地跑五公里。就连吃的米，都是陈米。没多少想头，电影组来了自然也是冷比热多。放映员也憋着一肚子怨气，来放，不受欢迎，不放，上级有放映场次的规定，完不成任务找挨熊。新兵大队可不一样。对新兵们来说，看场电影有享受放松的双重功效。片子内容怎么样固然重要，还有一条更重要，放电影剥夺了班长利用晚上开小灶出小操的权利。

车子一到，兵们哄地围上去，感激的目光、表情、话语让放映员透不过气来。这回，放映员成了老大，苦力活不用干，还有热毛巾、热茶和带高靠背的椅子。

电影开映前，照例是三个中队拉歌。走起来唱一线，坐下来响一片。唱歌，可称得是部队的特色菜。在部队，唱歌也简单，嗓门高就成。与其说唱歌，还不如说喊山。百十号兵亮足嗓门，气贯长虹，排山倒海。唱的什么，唱得怎么样，无关紧要，要的是气势。

两军相遇，比完了呼号就赛歌。军人唱歌如喊山，不大讲究嗓音和乐感，要的是嗓门，要的是雄性、力量和气势，比谁的士气高、人气旺。你一首，我一首，较着劲儿吼。如果忽略内容，唱歌和呼号几乎没什么区别。

在营区，把这种双方对阵的赛歌称为“拉歌”。歌是锯子，你来我往，大拉特拉，锯断对方的士气，猛长自己的威风。那如木屑飞溅的音符，散漫着浓烈的火药味，激荡起军人雄浑的血性。

拉歌，是部队集会必备而又令人兴奋的节目。俗话说：“两军对垒，兵戎相见。”都是自己人，不便动刀动枪，歌就上了阵前，成了既优美又充满杀气的武器。先到的一方，总是以歌为语叫阵，吹响战斗号角。开会搞活动前，组织者都会特意留出时间，让部队用歌拼杀一番。如若一时冷场，组织者许多时候会说：“拉一拉！”是军人的，都明白这拉的含义。

拉歌无须裁判员，但身兼起唱、排兵布阵、发起进攻等数职的拉歌员是必不可少的。这倒和战场上的情形十分相似。拉歌员除歌唱得好指挥手势一流外，嗓门粗犷亮堂这一点不能含糊，最好是架小钢炮。

拉歌，是一场没有硝烟不见流血的战斗。既是战斗，运用战术自然重要。各式各样的拉歌词，往往被拉歌员交叉混合使用，讲究的是抓住极好战机。所选唱的歌，同样需要如此。你唱的调子高，我比不上，就来一首抒情的；你的歌没唱好，正中我下怀，我还是唱这一首，不比不知道，一比见高低；你的歌从开头就软绵绵的，那好，我跟着就来同样的，把你压下去；你唱得起劲，我就起劲地拉，让你不停地唱上几首，打个疲劳战。

拉歌，说是比嗓门，还不如说是比凝聚力，正所谓步调一致，才能得胜利。因此拉歌中，以少胜多的并不鲜见。

时间一充裕，拉歌就从看谁嗓门亮转移到比谁会唱的歌多。拉歌前的一顿饭有红烧肉，为的是临阵擦枪，平时多教歌，是储存弹药。许多部队的歌咏比赛，就采取一个单位一首的车轮战，要得个冠军，没百十首不中。

军人，视拉歌为打牙祭。如果没了对手，心里头痒痒得不得了。没外人可拉时，就搞内战。团与团、连与连、排与排、班与班，军人不会放过任何一次机会。

言及拉歌的好处，除了一决高下外，鼓舞士气，滋阴壮阳，发泄发泄积蓄的火性和焦灼，恐怕或多或少都有点。反正不管怎么着，军人终究离不开拉歌。非但没离开，反而愈加偏爱。

贾海涛今天唱歌特别卖劲，脸上因使劲而暴凸的血管密得如同铁丝网。唱，死劲地唱，喷吐心中的脏气，发泄需要发泄的一切。唱的是《团结就是力量》，可他心里想着的尽是凤玲。凤玲有大半月没来信了，咋了？几首歌喊下来，他口干舌燥，气明显短了，可他还想喊。今天是怎么了，以往是讨厌这种唱歌的呀？他对自己一下子陌生起来。坐在前头的唐志刚一扭头，海涛，你今天唱歌怎么有股怪味？他不明白唐志刚所指的怪味是什么，又是怎么听出来的。脑子被抽空了，他只得把目光抛向银幕。

电影是老电影，这一次是《大红灯笼高高挂》。这片子，许多兵在家早看过了。吃已被嚼过的馍本没有味。兵们不，他们依然津津有味地看着，双目灼灼发亮，那眼神比瞄靶还直，银幕是胸环靶，实施的是精度射击，十环自然是女主角了。

不看，想看，看了，又闹心。贾海涛躺在床上，总是不安稳。一会儿是女主角，一会儿是凤玲，交叉重叠，不停地闪回交织。热，浑身燥热。入睡做梦，那梦也是热烘烘的。醒，梦已朦胧，记不清发生过什么事情。

对兵们来说，星期六是幸运日。当然还有星期天。早上延休半小时，可以多睡半小时懒觉，这觉睡得踏实，无牵无挂。被子不用叠了，捧出去晒，即使是阴天，只要不掉雨落雪，兵们都会晒被子。晒得怎样无所谓，要紧的是不用赶着叠。就这样，从早上到晚上，兵们的心情都可以处于稍息状态。

兵们起床后，抱起被子，笑呵呵地出门，晾好被子上厕所，这两件事都属放松之列。

贾海涛不敢晒被子。

摊上星期六、星期天，他常常是七班晒被子第一人。对他而言，被子少叠一次晚叠一会儿，都是一种享受。一个大男人，操枪弄炮的手像大姑娘做针线活般搬弄被子，想起来就气人。一直以来，他都想不通，这当兵就是当兵，在训练场上摸爬滚打，厮杀肉搏，锤铸阳气之魂，怎么狠，怎么毒，甚至是残酷残忍，都是兵之本。叠被子是什么？在家是女人干的家务活。咦，到了部队，却是很正规很严肃的一项训练课目。每天必训，高标准，严要求，丝毫不容半点马虎。这部队，就是有许多事让人想不通摸不透。再想想也是，部队嘛，就该有特殊性，要不然怎么称之为部队。到了思路受堵思维僵硬之时，他以此为理由，让自己像战时士兵躲进坑道一样，什么也不问了，管你什么枪林弹雨。尽管如此，叠被子的过程，对他而言始终如同孕妇分娩的过程一样。有光明正大可以不叠被子的机会，他岂能放过。不能。

偏偏，他今天主动放弃了。主动，但并非心甘情愿。实在是无路可走。现在，他痛恨昨晚的那场电影。都是那该死的电影害了我，他把牙根咬得生疼。叠吧，把丑事、羞愧统统叠进去。他叠得很慢，也很严实。今天叠的被子，多了一层含意，他的抵触情绪小多了。不叠不行啊。

把被子搭在肩上的唐志刚瞧见他在叠被子，看情形还怪专心的，诧异道，你还叠被子？真是怪事天天有，今天特别多，最烦叠被子的，有了不叠被子的空儿，愣是自动放弃，怪，怪呀。唐志刚只是说说，没多想，说归说，脚下不停步。贾海涛头一歪嘴一撇，怪你个大头，你晒你的被子去吧。

唐志刚不生气，哈哈大笑离他而去。晒被的地点以中队为单位划分，谁先到谁可以争到有利位置。唐志刚顾不上和贾海涛磨嘴皮子，他得去抢占有利地形，不然的话，搁在太阳照不到的地方，晒是没门，只能是晾了。当然，他要是知道贾海涛今天叠被子的原因，他宁愿不晒被子，也要和贾海涛闹上一阵子。不闹个天翻地覆，至少也要满班风雨。对这种事，他颇有兴致。事实上，岂止是他，兵们对这话题都有瘾。只可惜，他把机会错过了。

贾海涛的反常，早引起夏奇寒的注意。当班长的，肩上比别的兵多一份责任。兵头将尾，在部队序列中虽不起眼，作用却不容忽视，有兵的地方可以没有干部，但不可能没有班长。两个兵在一块儿，必有一个负责的，这负责的，其身份的本质就是班长的角色。

新兵和老兵不一样，老兵的心理活动很容易外露，他们少了许多条条框框的约束。新兵好带好管，你怎么吆喝，他怎么做，不像老兵，嘻嘻哈哈，软抵抗是客气的，硬顶的也不少。老兵素来就有老兵油子的雅称。新兵的心理活动是封闭型的，一股强硬无形的却又无处不在的排斥力防卫着一切。要找一突破口，走进他们的心里，那比抢占一个制高点拿下一个阵地还难。难多了。

不该叠被子时叠，尤其是贾海涛，一定有蹊跷。夏奇寒现在所想的是怎么才能让贾海涛主动亮相。

贾海涛叠完被子拿起洗漱用具，他的一桩事了了，心里已平静了许多。

贾海涛，给我把被子叠一下，夏奇寒见时候已到，起身把被翻过来铺在床上。

贾海涛一怔，他没料到夏奇寒会叫他叠被子。班长让干什么，都是应该的。让你干是对你的信任。尤其是私事，更是如此，谁有了这分机缘，都是眉开眼笑。周六日晒被子，夏奇寒不说，也有人主动代劳。叠被子，夏奇寒从未让别人插手，别人也不敢插手。他的被子叠得那么绝，谁还敢班门弄斧？

还愣着干什么？夏奇寒嘴角露出一丝笑意，脸上写满狡黠。布阵，他不敢夸口，谋兵，还能耍两下子。

是，是，贾海涛确信不是耳朵出了毛病，忙放下洗漱用具，冲到夏奇寒床前，有点受宠若惊，但更多的是雾里看花。

贾海涛站在那儿，好久都没动手。夏奇寒的被子太脏，斑斑点点，各式各样的图案比比皆是。

怎么啦？夏奇寒知道自己是明知故问。

贾海涛的声音压得很低，班长，我帮你把被子洗一下吧？

这玩意擦不掉，洗不净。夏奇寒见鱼已上钩，心里美滋滋的。

这是什么东西？

枪油，马斑。

枪油？马斑？

贾海涛不解地眨眨眼，征询的目光没敢抛给夏奇寒，全落在了被子上。夏奇寒的回答，让他心里直犯迷糊。枪油，是擦枪用的，怎么会溅在被子上？难道班长刚当兵时是抱着枪睡觉的？有可能，过去的军人都是枕戈待旦，不像现在枪入库，只是上哨打靶练战术时才离开枪库。下中队后，每人都有一支属于自己的枪，但真正属于自己的不是枪，只是枪号，一组枯燥的数字。枪，其实是属于枪库的。马斑是什么？斑马倒听说的，浑身黑一道白一道的那种马，可这哪儿跟哪儿了？部队的专用术语多，也可能枪油蹭在被子上留下的痕迹，部队就管它叫马斑。

贾海涛羡慕道，班长，你们以前是枪不离人吗？

那是过去的事了，我和你们一样没赶上，夏奇寒微微叹了一口气。

枪，是军人的第二条生命。兵们摸枪的同时，这话就掖进心里。有许多兵，当兵的原始冲动就是为枪而来。夏奇寒是这追枪族中的一员。没想到如今，枪只是军人的一件道具，只供上演执勤训练剧目之用。用完，这第二生命就交给了无生命的铁柜。八一式自动步枪，枪刺是活的，装在枪口是刺刀，卸下来是匕首，一用变两用，是武器的一大进化。让人心寒的是，当兵到现在，他从未拿过带枪刺的枪。中队出于安全考虑，枪刺统一存在军械库。一支好端端的枪，被分割成两部分。枪，已不是一支完整的枪。

贾海涛的话勾起了夏奇寒的阵阵酸痛。

贾海涛急切想解开眼前的谜团，那这是咋来的？

跑马，夏奇寒定了定神，收回了放飞的思绪。

跑马？

对，就是跑马，夏奇寒神秘地笑了笑又说，跑马，是老兵传下来的专用词，俗话就是遗精。

贾海涛脸腾地红了，讷讷道，这多难堪！

夏奇寒扫了被子一眼，这难堪什么？是男人，不，应该说只要是功能齐全的男人，都有这事儿。什么是男人？要我说，这就是男人的标志之一。只有这样，男孩才会变成男人、男子汉，这该值得自豪，要真是没这功能，那才难堪呢。

夏奇寒的一番理论令贾海涛暗暗吃惊，心惊肉跳，血液的流速陡然加快。赤裸裸的言辞，挑开了本想捂住的一切，羞愧之后是坦荡。真男人，男子汉，男孩，男人，这几个词在他的脑海里来回蹦跳。

行了，行了，晒你的被子去吧，夏奇寒感知火候已到，推了贾海涛一把，怕什么，有什么怕的，指不定有人嫉妒你呢！

贾海涛终于解放了。

吃完早饭，夏奇寒召集全班人员发布了一条令大伙儿期待已久的消息，集体到百里之外的城里逛街。陶有财带头高呼班长万岁，大伙儿跟着瞎起哄。这时的夏奇寒，俨然是救世主，欢乐使者。大伙儿早把平时对他由点点滴滴积成的怨愤来了个立即消失。新兵，就是新兵，他们的欢乐、痛苦都是瞬间即逝，宛如飞离枪口的子弹，留下的只是短暂的吼叫。那产生的后坐力撞击枪手的肩胛，痛也是稍做停留便浮游而去。一群还未真正成熟的成人，一点酸一点痛，在心灵底片上划下的痕迹，一经阳光洗礼，早已无影无踪。

天，是好天，有太阳，无风。连续阴天之后的放晴，打开了心情的窗户，感觉酥酥的。晴天，往日的严寒蹿出一个难得的休止符，心爽神也爽。在这样的天气里，逛逛街，溜达溜达，绝对是放牧心灵的圆舞曲。

入伍的新兵，今天外出是大姑娘坐轿子头一回，部队人员外出是有比例的，比例如同条令条例一样硬杠杠，没有回旋的余地。对一个单位来说，保持必要的在位率，以备处置突发事件之用，马虎不得。试想，一到节假日，全都放鸭子，营区空空荡荡，一旦有任务拉不出，又何谈打得响？落到兵们头上的是另一层含义，请假外出得有比例，需要排队。这次是你，下次是我，上午你外出，下午我出去。在这点上，新兵大队和基层中队如出一辙。都是执行的同一条令，不容有所变通。老兵外出，必须两人以上同时外出。新兵有其特殊性，通常整班出动。七班的兵，为了今天手指掰得发酸。天气好不好，有什么关系。一个好的枪手，不会因为天气条件恶劣而大失水准。一个嗜好射击的兵，无论任何环境中都无法冲淡握枪、瞄准、击发所带来的激情。

兵们叽叽喳喳，神采飞扬。为能外出喝彩，为能在这难得的好天气里外出喝彩。

吴加林默默地倚床而坐。呆如泥胎。

走出营门，远离训练场，与营区做一次暂时的告别，他心仪已久。炼狱般的训练，已将他当兵之初的那股如初吻般的快感炸得血肉横飞，体无完肤。盼来了喘息的机会，他的快感得以再生。

是温暖的阳光，再次撕碎了他的快感。他认为是老天在故意和他作对。出去玩，什么天不行，干吗非得好天？天再冷，心里也是热腾腾的。把这好天气留给训练用多好！偏偏一到训练时，天就作怪。死冷！那天的队列训练，正因为死冷，现在想起来，都头皮发麻，人成了筛子上的米。

生在南方，长在南方的他，从没有冷的概念。开训之初，正是寒流袭来之时，在一次队列训练时达到极点。冷呀，风野蛮地剜割他嫩白的脸。走走，活动活动，多少可以摆脱严寒的纠缠。练的是军姿，得一动不动地保持立正姿态。穿着棉袄，身子是暖和，遭罪的是双手、脸和耳朵，这么冷的天，不让戴手套，戳在寒风中，任凭强暴。一堂课下来，他的脸伤痕累累，耳朵在不在已没有意识，双手的手指早已丧失了弯曲的功能。到了第二天，这一切进一步恶化，最终导致冻疮。看着肿得像胡萝卜的手指，吴加林牙咬得咯嘣响。

夏奇寒整理好装束吆喝道，手脚都麻利点，像我这样，挎包左肩右携，靠外的背带压进武装带。陶有财，把帽子戴正喽！

吴加林幽幽怨怨道，班长，我不买东西，挎包可以不带吧？

夏奇寒烦躁道，这是什么话，不买东西也得带。军人外出就应着装整齐，挎包也是着装的一部分。军人，得有军人的样儿。

吴加林无话可说。

稍许，夏奇寒开口道，临出发，我有几句话要交代交代。

兵们闻声肃然挺立。

第一，军队讲究的是两人成行三人成列，大家在路上要保持队形，上了车，只要有站着的，咱们就不能坐，别让老百姓说咱们不是雷锋的传人。这第二嘛，到哪儿，都是统一行动，不许单溜，包括上厕所，我不希望去时是九个，回来时少了一两个。还有就是，大家到了街上，眼睛不要瞄移动靶，尤其不要盯着人家大姑娘小媳妇瞄个不停，这有损军人的形象。大家都记住了吗？

记住了！

那好，出发！

上了公交车，一个五六岁的小男孩怯怯地叫道：解放军叔叔好！

兵们听了，心里甜溜溜的。唐志刚悄声对章大强说，还是出来有收获，你看咱们都涨了一级，有人叫叔叔了。章大强胳膊一捅唐志刚，意思是公共场合，说这话有损武警的高大形象。

这城里和山沟比，简直是天壤之别。陶有财见过的世面最多，眼还是有些不够用了，目光贪婪地吞没一切。

一副招牌吸引了兵们。

烤地瓜，一块钱一只。

瓜也能烤着吃，看来这北方人在吃上并不逊色于南方人。兵们围上去，纷纷掏钱要尝尝这瓜烤着吃是什么味儿。

白小柱掩嘴偷笑。

什么地瓜，是山芋嘛。唐志刚第一个意识上当了。

是红薯！

是红芋！

兵们一个个大呼上当受骗。

夏奇寒吃得很投入，等兵们都发表意见后，他说，人家也没说地瓜不是红薯之类的东西呀，吃吧，味挺好。说着，又咬了一口。

吴加林回头瞧见白小柱偷笑，嗔怨道，你咋不早说，害得我们发憨。

你们又没向我打听，白小柱装糊涂。

唐志刚笑得含蓄，谁说北方人憨厚，不也有滑的，你白小柱算一个。

众人哄笑，笑得很善意。

陶有财吃完烤地瓜，把皮扔进了垃圾箱，掏出手巾擦了擦嘴，若有所悟地说，这叫无商不奸，变着法子赚钱呗，要怪，就怪我们自己上钩做大头。

这可是你说的，你也是经商的哟。唐志刚笑道。

行了，别这样没完没了地搞人身攻击，走，到别处瞧瞧。夏奇寒打了个圆场。眼前的这群兵，他越看越可爱。

到了城市中心广场，陶有财双手举向天，还是这儿的空气好。

白小柱听了莫名其妙，惊诧道，好什么，空气中充斥的是汽车排出的尾气，脏死了，哪有咱新兵大队的空气来得爽，那才是真正的空气，含氧量高。

陶有财咧着嘴笑道，这里的空气是一种混合气体，味杂才够味，哪像咱大队的空气，只是一个味。

什么味儿？白小柱不愿和陶有财玩深沉。

你猜猜看？陶有财歪着头露出孩童般的狡黠，现在是市场经济时代，这思想也是有价值的哟！

没这味熏，你们成不了真正的兵，夏奇寒插话道，当然了，你们身上已开始有这味了，以后还会越来越浓。兵嘛，没这味，怎么能称之为兵呢？

白小柱皱着鼻子，嗅了又嗅很失望，除了汗臭味，啥味也没有哇？

夏奇寒笑了，别像警犬一样，给老百姓瞧见了多影响我们武警的形象，这味，鼻子再灵也闻不出来。

第十六章

早上整理内务时，耳朵也不能闲着，得收听中央人民广播电台的新闻联播。一个班一只小广播，到了这个点儿，大队通信员一转旋钮，你听也得听，不听也得听。马马虎虎、若有若无地听，不行。新兵大队和所有的部队一样，早上听半小时广播、下午读半小时报，晚上看半小时中央电视台的新闻联播，在部队称之为三个半小时。不听，不入心入脑，有你难堪的时候。看完电视新闻之后，各中队有时也以排为单位，搞新闻点评，干部抽当日播出的新闻，让你点评点评，说不上来，说不出个道道来，干部脸一板，目光、表情、语气都饱含批评。回头，班长也不会放过你。那天看新闻时，吴加林闷着头偷吃零食，心思花在如何隐蔽之上，半条新闻也没留下一点儿影，偏偏被指导员点了将。他似棍子戳在那儿，没挤出半个字，挨了指导员一顿猛批不说，回到班里，夏奇寒眼里生火脸却冰冷，干什么你呀，一个大活人坐在那儿，两只耳朵怎么只招风不招音，你以为只是批评你呀。错了，那会儿，你不是你了，你代表咱七班，丢你的人事小，你给咱七班抹黑了。你说，你凭什么让咱七班在大伙面前抬不起头？你的集体荣誉感哪儿去了？我说，你有点集体荣誉感好不好，你不要面子，咱七班还要脸呢，见第一就争，见红旗就扛，没这点能耐，你这兵当起来还有啥劲？把我惹火，没你好果吃，到那时，你就歇菜了。

夏奇寒唠唠叨叨数落来数落去，右手食指在吴加林鼻尖前晃过来晃过去。换了旁人，吴加林会毫不犹豫拨开那讨厌的指头，别用手指指着我。面对班长，他没底气，底气全泄了，只盼着风停雨止雷电歇脚。狂风暴雨，狂天盖地，一记闷捧打得吴加林找不着北。到后来，眼泪吧嗒吧嗒直落。

夏奇寒还不饶他，你哭，哭个熊蛋，这样下去能让你哭是客气的。哭，说明你有力气，到一边去，给我撑一百个俯卧撑，少半个也不成。

烟上了嘴，夏奇寒拉过椅子坐下来，跷起二郎腿，吩咐唐志刚道，给我查数。

吴加林吓得眼泪都不敢揩，抽泣着做起俯卧撑。

就这样，兵们对新闻也提不起兴趣来。训练，就训练呗，新闻知道得再多，训练上不去，到头来一考核，可不全砸了。不过，兵们对新闻之后的天气预报倒很在意。今天来个寒流，明天冷空气南下，再一掐手指头，又摊上队列训练，惨了。

七点一到，小广播该戛然止住，但不知是谁的主意，反正通信员没关，小广播照旧响，播的是本地新闻，本地新闻之后，是本地的天气预报。女播音员的声音甜甜的，柔柔的。今天白天到夜里，西北风三至四级，最低温度零下二十五度，最高温度零下七度。

陶有财叠被子从来都是一气呵成，今天到了最关键的第三折刚完成一半，丝细般润滑的声音传进耳里，手不由自主地一抖，全泡汤了。岂止是陶有财，除了夏奇寒若无其事，新兵们个个面露菜色，像被施了定身法似的，僵在那儿，动弹不得。包括思维。

训练计划表上白纸黑字赫然在目，上午单个军人徒手队列，下午八一式自动步枪操枪法。

唐志刚目视前方，眼睁得大大的。怎么，一会儿眯，一会儿眨，干什么？眼里有东西怎么的？夏奇寒目光手指同时戳向唐志刚。

报告，唐志刚胸脯一挺。

干什么？夏奇寒不太高兴。

训练场上，他最听不得的就是“报告”二字。动作做错了或不到位，按规定要报告。可这一报告，流畅的训练节奏混入一个不和谐的音符，如同在一锅鲜汤里捞出一粒老鼠屎一般，整个班的训练情绪都给破坏了。这还好说，训练总有个由不会到会、由会到精的过程，一时半时不上路，是正常的。鞋带掉了，腿肚子抽筋等等，屁大的事，也报告。趁处理的机会，活动活动、放松放松，明显带有偷懒的迹象。用兵们的话说，一声报告，片刻轻松。报告，成了兵们对付班长的招数。夏奇寒心里明白，却又使不出招应对。他确实有需要报告的理由和事实，你能怎么办？

唐志刚可怜巴巴地说，我眼进了沙子。

夏奇寒将信将疑，但又不好发作，淡淡地说，抓紧处理一下，其他人原地活动一下。

这话兵们爱听，口气再淡，他们都爱听。

队列顿时活跃起来，一个个苦脸相消失得很快，笑得很动人，搓搓手，揉揉脸，跺跺脚，复活冻得发硬的关节，调整趋于凝固的思维。

停！夏奇寒气出丹田。

与夏奇寒的口令同时袭来的，还有一阵寒风。冷冷刺骨。

打个冷战，是人遇到寒冷的一种本能反应，队列里没有一人晃动打战。口令，禁锢了兵们的一切，关节、肌肉、表情、思维乃至本能。

向右看齐，向前看。重新规范好队列，训练继续进行。

白小柱。

到！

挺胸收腹！

队列训练已有了些时间，可白小柱的立正姿势总不标准。军人的立走坐卧都有规矩，立是基础。白小柱的这一基础，练来练去，起色不大。

夏奇寒话出手也到，一拍白小柱的肚子。白小柱顺势一憋气，把鼓鼓囊囊的肚子缩回去，凹成了一弯儿。力量用得太大，注意力全放在肚皮上，两手弯着离开了原位。

两手自然下垂！

白小柱意念火速转移，两手立马伸直，快得跟过电似的。

中指贴于裤缝，夏奇寒右手从白小柱的肩部一摸而下，放松点，自然下垂。

白小柱手指在找裤缝。幸好，警裤不同于解放军的军裤，警裤缝上压着一条镶黄边的红色裤线。粗，好找。

两眼目视前方。

白小柱抬头目视前方，做眺望状。可头抬得过高，下巴又昂起来了。

下颌微收。

白小柱赶紧往里收下颌，兴许收得太多了，喉结处有压迫状，如此下来，胸脯里的气就憋不住，身子一懈，肚皮显山露水了。

尽管如此，有夏奇寒这番的单个教练，白小柱对正确的立正姿势又多了一分感觉。

夏奇寒的口令加动作，同样让别的兵受到辐射，继而产生连锁反应。口令是一条鞭子，一枚戒尺，砸在谁身上都生疼。一直以来，唐志刚总认为班长的口令就像父亲赶牛车的吆喝一样，唯一不同的是，班长用不着那甩起来呼呼作响的鞭子。

腿绷直，脚尖下压，脚掌与地面平行，离地面二十五厘米，夏奇寒在队列前晃来晃去，吴加林！你动什么？保持动作。

正步训练的分解动作——腿部练习，双手背后，踢左腿，这实质上和金鸡独立没什么两样。

你看你，脚勾着干什么？夏奇寒一脚踢向贾海涛的左脚，脚面绷直。

贾海涛的右腿本来就有点见风打晃，夏奇寒来了这么一下，身子一歪，碰到了吴加林。吴加林趁机一泄劲，把腿放下了，脚尖站着地。

吴加林，偷什么懒，给我出列，夏奇寒火了。

是！

吴加林被提溜出去，夏奇寒给他单选了块地，离下课还有半小时，金鸡独立直到下课，我告诉你，动作不许走样，要不然，就不是半小时，你自己体会吧。

说起来，吴加林也不知道被罚多少次了。

队列训练的第一课是立正，稍息。动作很简单。但做得规范，全班同一尺度，同一节奏，难度就来了。

两腿跟靠拢，夏奇寒脚踢吴加林的脚后跟，小腿给我挺直！

没有防备的吴加林脚跟发飘，差点一个前倒。

晃什么？夏奇寒音量提高了八度。

吴加林心里有气，但不敢发作，再借他两个胆，他也不敢和班长正面冲突。新兵蛋子，对的被班长一批也是错的，要和班长起毛，是自找苦吃，班长是啥？是全班的天。吴加林积聚力量，调整平衡，让自己重新定位。

看我怎么立正的，夏奇寒回到队列指挥位置，呈标准的立正姿势，结合自己的示范动作给兵们讲立正的动作要领。

一只不知名的虫子降落在吴加林的左腮，痒痒的。吴加林歪歪嘴，想以最小幅度的动作将其驱赶。岂料，受到刺激的虫子发起了脾气，狠狠地蜇了他一下。他娘的，连你这小玩意儿也敢欺负我，吴加林心里怒骂道。啪！一巴掌下去，整个左腮都麻木了。一股快感，却流遍了吴加林的全身。憋在心里的气，终于有了发泄的机会，被他拍住的不只是虫子。

吴加林！夏奇寒中断讲解，一声怒吼。

到！吴加林在瞬间完成了抽剥快感返回真实的过程。

在队列里动什么呀？夏奇寒眉头紧锁，三道深深的纹沟如同堑壕，一张嘴，满口被烟熏过的黄牙暴露无遗。

这回，吴加林有了点底气，他不是故意违反纪律，实在是虫子和他捣乱。他胸脯一挺，报告班长，刚才有只虫蜇我，他说得理直气壮。

虫子？虫子蜇你怎么了？这是在队列里，有的只是口令，没有口令，雷劈下来，你也不能动，什么叫令行禁止，这就叫令行禁止，知道吗？

知道！

知道？那你是明知故犯，和我顶着来了？！

我，我……吴加林一下子没词儿。夏奇寒根本不听他的解释，也不给他任何机会。

我什么？出列！

吴加林鼓着腮帮子，磨磨蹭蹭地离开队列，站在了一旁。

一点军人的样子都没有，你看你，像个老娘们，给我入列重新出列，夏奇寒目视前方，谁也不看。

吴加林只好重来，入列，出列，立正，转向夏奇寒。

下面我们继续训练，夏奇寒把吴加林晾在一旁不理了。重新组织训练。

吴加林知道，这是罚他。罚站。当然，夏奇寒不会这么说。军姿没练好，对队列纪律没有领悟透，一边单个体会吧。这也是为你好。有时，夏奇寒会单独或当着全班，阐述他让你单个体会的含义。其实，说不说都一个样，你明知道班长是在体罚你，你也没有法子，人家是班长，你是什么？兵，还是个新兵蛋子，认了吧。有胆大的兵采用写信的手段告班长一状，也是不了了之。这种事，谁也说不清，谁也不愿意说清楚。没打你，没骂你，让你练军姿，错什么？就是错，也只是口气重了点，时间长了点，还能有什么？

夏奇寒回到队列前巡视，愈发督查得严厉，上身挺直，腿抬高，别偷工减料，要想和吴加林做伴的，吱一声。

队列里大多数身子打晃腿打战，哆哆嗦嗦，岌岌可危，好像吹口气就有瘫倒的可能。

操场上风不是很大，但出奇地冷。

白小柱已到了危急关头，两腿发麻，上身发硬，尤其是伸出的左腿像灌了铅似的。他不知道还能撑多久，耳朵竖着，急切地盼望夏奇寒喊原地活动一下，哪怕换一条腿也行，苦熬是漫长的，等待是漫长的。夏奇寒的嘴动个不停，但都是在纠正动作。

大队值班员在夏奇寒耳边说了两句，夏奇寒一个劲儿点头。

白小柱！夏奇寒的口气明显柔和了许多。

白小柱目视前方，上嘴唇咬着下嘴唇，眉头打着结，听到夏奇寒在叫自己，他浑身一哆嗦，慌着挺直右腿，左脚尖下压拉直左腿。

动作走样，又让班长瞅着了，白小柱心头一缩，不停地祈祷，可别让我去陪吴加林，多吃苦头不说，面子也一扫光了。

白小柱，夏奇寒略微提高了音量。

到！白小柱心想不好，躲不过去了。

出列！

白小柱本应答是，而后实施出列动作，但他不想就此束手就擒。

班长！白小柱眼里灌满求饶，我还能坚持，我，我不是练得好好的吗？我想和大伙儿一起练。

嘴在动，话在说，白小柱的动作更加标准起来，立在那儿纹丝不动，每一个细节都符合动作要领。以前听人说，有一条疯狗在后面狂吠猛追，再差的兵五公里也能跑出好成绩，他不信，现在他信了。人，不被逼到走投无路身临绝境时，潜能那玩意儿不会全放射出来，就在刚才，他还想逮个机会譬如夏奇寒视线转移替别人纠正动作之类时自己放松放松，歇口气。现在，他不想了，有了吴加林的先例，他不敢这么做。

夏奇寒大为动容，白小柱这样的兵不容易。他妈的，谁说高干子弟都是垃圾货？下次再听到这话，我不把瞎嚼的舌头割掉才怪呢。他咽了口唾沫，不是有唾沫，而是嘴里不太舒服。

好了，出列吧，你母亲来看你了，在班里等着呢，夏奇寒上前一拍白小柱的肩膀。

贾海涛最听不得“母亲”这两个字，尽管在他家乡，总是叫妈从不说母亲。平常唱歌，郁钧剑的《说句心里话》，他最怕唱，连听都怕。不为别的，他是孤儿。

在尚未记事时，父母先后撒手归西，撇下他一人在世上。乡里乡亲都是些好心人，把他当作自家的孩子养，供他上学读书。高中毕业，大学的门没迈进，他想到了当兵，当兵有衣穿有饭吃，再努力努力还能考上警校当干部。拿到入伍通知书，全村的乡亲为他高兴。这娃有出息，咱们没白养活他。一家一家拽他去吃饭，一家一家为他送行。那些天，他眼里始终噙着泪。乡亲们派了十来个代表到镇上送他，他上了车就没再往外看。他不敢。

到部队后，他找过唐志刚，找过夏奇寒，找过中队干部，没别的要求，只要求别把他的身世公布于众。他不需要别人的同情和怜悯，也不希望与别的兵有什么不同。母亲，妈妈，贾海涛心里如针刺般痛苦。我的妈妈在哪儿？一张照片都没留下，长得啥模样只听乡亲们描述过，但那是虚幻的，越是虚幻，他的那份思念越厚重。要是我妈妈还健在，要是也能来看我多好啊。妈妈，你在哪里？一声呼唤在他的血管里涌动。

大伙儿的情绪都发生了变化。离开了家，最想的是妈妈，眼看白小柱的妈妈来探望，谁心里都是酸溜溜的。夏奇寒察觉到了，尤其是贾海涛两眼湿湿的，他知道不好。

吴加林最生气，妈妈来不来倒是其次，关键是白小柱又逃避训练远离挨训受苦的机会。这会儿，如若有人来看他，多好。

立正，稍息，向右看齐，正步踢腿练习连贯动作。夏奇寒要用训练来冲淡兵们的思亲之情。也只有这个办法。言语开导，起不了多大作用，搞不好再勾起自己的情绪，那更不得了。训，让你们训个不停，脑里灌满动作要领，就没有空儿想其他的。

白小柱妈坐在章大强床铺上，旁边放着一个大提包。

那床不能坐，白小柱话一出口，自己也奇怪，口气怎么和夏奇寒一个样？

早上内务整理好后，除了午休时间和准备就寝号响了之后，床，任何人也不能坐。

怎么啦？妈妈被白小柱冷不丁这一咋呼，慌忙起身。

这不是我的床，白小柱一指上铺，这是我的床，不过也不能坐。

这么高，要摔下来怎么办？妈妈抬头看了看床，不行，我得找你领导，我儿子怎么能睡在这上面？

妈，你别这样，这是在部队，白小柱急了。

部队怎么啦？

部队有部队的规矩。再说，是我主动要求睡上铺的。

妈妈打量着白小柱，目光有些陌生。个把月不见，儿子变样了。她想不通，这一进部队，儿子就好像已经长大成人了，在家的那种小皇帝的作风，一下子少了许多。

黑了哟，瘦了哟，妈妈心疼地摸着白小柱的脸。

母爱的抚摸，白小柱心里暖暖的。

妈，你来有事吗？白小柱说。

没事，来看看你。

没事，下次就别来了，这是部队，来多了不好。

哟，部队，怎么着，你是儿子，我不能来看吗？

你来，影响我训练呢。

儿子在家你不是这样的啊？

现在我是军人了嘛！

妈妈再次打量着白小柱，目光愈发陌生。

妈，你回去吧，白小柱下起送客令，我得训练去了。白小柱扫了妈妈一眼，心里一阵颤动，转身往外跑。

哎！小柱，给你带了吃的呢，妈妈冲着白小柱的背影说。

放在那儿吧，白小柱没回头。

看着白小柱跑来，夏奇寒有些纳闷，怎么这么快？转念之间，他笑了，白小柱这兵，是个好兵。

报告！

入列！夏奇寒投去赞赏的目光。

吴加林瞥了一眼满脸喜悦的白小柱，暗骂道，装什么？妈妈来了，有意就去这么一会儿，还不是在表现自己，家里来人，也不误训练。吴加林真希望有人来看他，谁来都无所谓，只要让自己堂而皇之地不训练少受累。唉，现在的情况是偏偏来了的不好好利用，不来的干着急。骂完了，他发觉愈来愈讨厌白小柱。

上午收操回到班里后，白小柱拉开提包，把包里的东西全倒在了桌上，大伙儿爱吃什么就吃什么，谁要不吃，不多拿，就是和我过不去，最起码也是看不起我。

这话大伙儿听起来特舒畅，一拥而上尽拿自己爱吃的。这是帮你，不客气了，也顾不上形象了，一个个围在桌边，左拿右取。吴加林也在其中。他早忘了刚才的那茬儿，全身地搜寻自己爱吃的。

夏奇寒似笑非笑地望着，不做任何的鼓励或阻止。

白小柱剥了块巧克力扔进嘴里，班长，你也动手，有福同享，这可不是贿赂你，你是班长，应该和我们打成一片嘛！

话是十分的入情入理，让你没有拒绝的可能。夏奇寒被白小柱赶上了绝路，但他心里很轻松，对白小柱的好感又增添了一份。

好吧，不吃白不吃，吃了也白吃，白吃谁不吃。夏奇寒展开大手，胡乱抓了一把。

吴加林嘴里吃着，眼盯着桌子，左手抓得满满的，右手时不时趁没人注意时，把最想吃的东西往兜里装。这时，大伙都沉浸在快乐之中，谁也没注意他的这一举动。

这东西，还是大伙儿一起吃有味，贾海涛白了一眼吴加林，吴加林，你说呢？

吴加林吓得一脸煞白，他以为贾海涛发现了自己的小动作。这贾海涛就喜欢多管闲事，多管闲事多吃屁，别人的事，碍着你什么了？吴加林认为贾海涛时常干涉他仅有的那么一点点自由。

哈哈，瞧把你吓得，贾海涛得意地说，又没说让你把东西贡献出来，让大伙儿分享。不过，你可要当心哟，可别让它发霉长出小毛毛，到那时，请我们吃，咱们也不会赏脸的哟。哈哈。

吴加林心落了地，贾海涛并没有察觉他的小动作，但贾海涛的话，让他挂不住脸。他想反驳，可一时想不出该如何出击。

第十七章

吴加林也喜欢帮厨。

业余时间、节假日，只要能挤出一点空，他就往伙房里钻。

帮厨，是部队一大传统。勤下伙房，常上光荣榜，不知从哪批兵传下了这么一句话。训练不怎么样，勤下伙房多干活，落个大小工作积极主动，在班长干部眼里也是个好兵。是好兵，还愁上不了光荣榜？

吴加林帮厨，有他自己的想头。表扬，他不稀罕，那玩意儿又不能当饭吃填肚子解解馋，虚得不能再虚了，他想的是实惠，人嘛！

帮厨的人多得是，伙房里常常是人满为患。人一多，活就少了，干的没有看的多。不来，人家都来了，说不过去，来了插不上手，干待着，别扭，但还得待着。到底是来了，待着也是帮厨。不帮厨，来这儿干啥？干没干活，那是另外一回事。我想干，也来了，没活干怨不得我。

这样一来，吴加林更要来帮厨。

在家厨房从不进的吴加林，第一次进伙房，什么活都不会干，硬戳在人堆里，不像帮厨的，倒像监工。

炊事班长端过一盆土豆，来，把皮削了。土豆他没吃过，但削皮他会。半小时下来，土豆全去了皮，他端给炊事班长验收。

炊事班长一瞧，火就上来了，你这是削皮吗？

土豆的皮是削了，可削得太厚，一个个鸭蛋大的土豆，给吴加林一倒腾，全成了鹌鹑蛋。

从那以后，吴加林变聪明了，不会干的活儿，他不插手，多半是帮着刷盘子当炊事员的下手。菜烧好了，帮着端，顺便弄点尝尝。活少干，又能搞点好的吃吃，这样的活儿，他干得畅快。他真想当个炊事员，活儿有帮厨的干，好吃的自己先尝，多甜美。想想，遇到红烧肉，班里每人也就一块，塞牙缝都不够。在伙房就不一样，两指一夹，两块红红的、油汪汪的肉进了口。只要想吃，不腻味，尽管夹。肚里有油水，人才实在。看着那帮埋头死干活的兵，他鼻孔一出气，都是傻帽，像我这样帮厨才有味。穷干，只知穷干，没点头脑。他做任何事，看任何事，都有自己的评判标准和尺度，而且十分的心安理得。做什么事，都要有现实意义，对自己有好处，否则不会去干。那种自讨苦吃的事，他从不想。以他的思维方式，他也想不通。

章大强恰恰与吴加林相反，他常常自讨苦吃。对此，吴加林一直是这么认为的。

吴加林满嘴油光光的从伙房出来，远远瞧见章大强在操场上练擒敌拳，便信步走了过去。

章大强在家练过一阵子武术，要是兵验不上，他准备去少林寺学武三年，横竖他要好好练一番。当兵，就是冲着学武练擒拿来的，他只想好好练两年，没旁的想头。他对训练特别偏爱。

当兵不习武，不算尽义务；武艺练不精，不算合格兵。这两句话最合他的胃口。操！还是这话听起来够劲。话白，白得像经过二十八层净化的纯净水，没滋没味，但内涵却再丰富不过了。这是水平，部队特有的一种水平，用最为通俗易懂的语言，表达最为深奥巧妙的道理。枪响，弹头飞离出枪口，直飞靶子，简单吧？简单，但这其中蕴藏着什么，深不可测，内容丰富。

报名时，他是非武警不当。空军、海军，他自知条件够不上。陆军，没多大意思，操枪弄炮，忙得热乎，但只是干忙。和平年代，大仗没人敢打，小仗又打不起来，抱个枪炮只是安慰，做不了什么。和拍电影拍电视剧差不多，甚至还不如。不去！武警嘛！虽同是兵，却有所不同。武警好啊！练擒拿练散打，刚好和自己对路。一旦有了任务，还可在实战条件下检验自己的功夫如何。在家可不敢随便打架，搞不好就得上派出所。又出手，又没人找事，指不定还能立功受奖，这等好差事，不去是呆子。章大强不想让自己成呆子。

擒敌拳一共二十个招式，倘若分解开，每一个招式，他似乎都练过，但不属同一个拳种。擒敌技术，在新兵大队尚未开始训练，但他已悄悄地向班长讨教过。练了几次，他发现擒敌拳真是厉害，每一招式都是集各武术门派之精华。其他训练课目，虽与武术无多大干系，但细细一推敲，千丝万缕的联系又在其中，队列、器械等等，都讲究协调性、定位性，这也正是练武所必备的。章大强想得很多，也很透彻，认为自己悟出了部队训练的玄机。正因为如此，他对训练几乎达到了痴迷的境地。一旦达到此种境界，再苦也是一种乐趣。

吴加林舍不得用脑子深思这么多，自然不会和章大强想到一块儿去。他俩，似乎天生注定是两条平行的直线，永远也无交叉的可能，更不用说合二为一。

吴加林装憨，干什么呢？

吐字不是很清楚，是因为嘴里有牙签碍事。牙签，是老鳖身上的一块骨头。这是他的宝贝。刚才一块红烧肉瘦的多肥的少，费了牙齿好大劲才咽下去了。不幸的是，有两根不算长的肉丝塞进了牙缝，他只得用牙签做清道夫。走到章大强面前，剔牙正到了关键时刻，他不愿住手又得开口说话。说完了，那根肉丝也掏出来了，他一转身，连唾沫带肉丝统统驱逐出境。

你没长眼吗？章大强话有点呛人。

对吴加林，章大强一向感冒。当兵干什么？锻炼呗！怕苦，经不住锻炼，不来多省事。十八九岁，磨磨蹭蹭，开个后门，也可以结婚成家了，抱孩子多轻松。训练偷工减料，干工作出工不出力，整天就是馋嘴，还是个男人，还是个兵吗？幸亏我不是班长，我要是班长，不把你弄死，我就不姓章。别人干工作训练，你还说风凉话，总想拉个搭伴的。这种人心术不正，根本不配来当兵，纯粹是混进革命队伍里的坏分子，铲除他，应毫不手软。看来，兵和普通人一样，也得分三六九等。

章大强伸开臂扩扩胸，又活动活动脚腕，开始练习正步的摆臂动作，一、二、一，自己下口令，自己做。

吴加林碰了一鼻子灰，还不甘心，你这人真逗！

逗？逗什么？章大强问道。

咱聊聊不行吗？

聊什么？一、二、一，章大强感觉到摆臂不是很标准、很到位。

聊天，随便聊聊。

没空，章大强断然回绝，说完觉得分量不够，又加了一句，我没你这份闲空。

吴加林脸上白一块红一块，和那没成为红烧肉之前的猪肉一个模样。

他奶奶的，今天的红烧肉味不正，好像酱油放得太多了。悻悻离去的吴加林似乎在后悔自己太贪吃了。尝过之后，就该罢手，不好吃，吃那么多干吗？

第十八章

夏奇寒的动作很优雅，烈烈阳刚混融进丝丝阴柔，有一种行云流水般的舒畅撩人、似笑非笑、似怒非怒的面部表情，遮盖了潜在内心真实的表情。陶有财的目光起先抚摸着夏奇寒的脸和手，胸口如同挨了一记重拳，碎骨般的疼痛，好似一个幽灵在他体内毫无目标地横冲乱撞。之后，他的目光恶狠狠地瞄着夏奇寒的后背咚咚地尽出直拳，直至锤得稀巴烂，撕成碎片，一片，两片……无数片，扔在地上，扔进门后的簸箕里，扔出窗外随风飘舞。

陶有财犹如一头受伤的狮子立在夏奇寒的身后，含着胸低着头，双眼紧闭，脸上的肌肉触电般地抽动。他不忍心再看下去，夏奇寒转身的那一瞬间，他把一切都逼进了丹田，任由其痛苦地挣扎。

这种效果，夏奇寒早料到了，他需要的就是这种效果。对付新兵，类似这样的常规武器，他有的是，不需要任何前奏，抑或粉墨之后再登场。

有你这么站着的吗？站好喽，眼睁开看你被子，不忍心是吧，你早干什么了？夏奇寒的目光直戳陶有财的眼。

对兵们的站相，他要求极为严格。军人，要有军人的气质。不管你穿没穿警服。这气质主要的来源之一就是站姿，完完全全地把条令上关于立正的动作要领发挥到极致，就是军人的标准站相。真正的军人，他的招牌不是一身的橄榄绿，是站相。是兵，或者曾经是兵的，立在哪儿，一眼就能瞅出来。新兵身上的乳香味多于兵味，你让他立正，他浑身僵硬，很是卖力，如同一根戳地的通条，上上下下直挺挺的，甚至包括意念都是坚硬的。靠蛮劲在支撑骨骼肌肉，这是种最为原始低级笨拙的方法。真正的兵，凭着精气神的张力勾勒出军人所特有的站姿。这不是技巧，而是一种境界。

看着陶有财软乎乎地站着，夏奇寒心里又生出一团怒气，还愣着干什么，抓紧叠被子。

噢，陶有财怒火灼烧，却不敢发作。

夏奇寒眉头一皱，什么？你是老百姓啊，兵都当了个把月了，怎么没见你少点老百姓的味道，该怎么说你不知道吗？

是！陶有财急忙改口。夏奇寒叫他，他还是在家的应答方式。这习惯，如同瘟疫一般，总是赶不走。噢，可这是在部队，兵被呼点，应该答到，也只能是答到，没有任何选择的余地。就像他是新兵夏奇寒是班长，一到新兵大队，一进七班，就已锁定，你再使劲再抱怨也是无济于事。在陶有财看来，部队的条令条例恰似一张网，无所不在，无所不网，环环相扣，罩住的不仅仅是肉体，连精神和思想都在其掌握控制之中。在这方面，陶有财认为军纪有些刻薄。要求一个兵把思想都交出来，剥去一切外衣赤裸裸地展挂，一切都必须是透明的。要知道，交出思想，自己可就什么都没有了。难怪夏奇寒常说当了兵，你整个人都是部队的，一天二十四小时都归部队调度。这种刻薄，是好是坏，陶有财没有细究过。然而，隐约之中他觉得自己还是喜欢这种刻薄。也许，部队的魅力就在于此。有许多东西，正因为与众不同才有诱惑力。

夏奇寒摸出一根烟在手里摆弄，把你被子拉开让你重新叠，你没意见吧？

报告，没意见！陶有财收回抓被子的手迅速站直转体靠脚面向夏奇寒。靠得太近，鼻孔呼出的气流相互撞击着，陶有财的目光在夏奇寒的脸上呈散射状，来回地揉搓，看似是准确的定位，其实一个焦点都没有。仅仅是一瞬间，他竟有了深深的疲倦，呼吸沉重起来。

夏奇寒半转头，避开了陶有财的目光。他不习惯被一个新兵如此放肆地大面积扫描。陶有财那呼吸之中掺杂的乱七八糟的声音和一股淡淡的不知是什么味的气息，让他的脑子有些昏沉沉的。屁话！没意见才怪呢？你心里早把我整个人都啃烂了，你当我不知道？夏奇寒把烟放在鼻前嗅了嗅，眯着眼说，这烟看看挺好，可一闻才发觉完美的表面之下是一股霉味。

报告，真没有，陶有财气出丹田。妈的，知道了还问，他心里头怒骂了一句。被子叠得好端端的，你残忍地将它破坏，换了你，能好到哪儿去，假惺惺地问我，这是哪一出？心里有一头困兽，张牙舞爪地咆哮。他又低下了头，他怕目光不听自己的使唤，野蛮地撕咬夏奇寒。

这不是你陶有财的本性，你陶有财不是这样的人啊，有就是有，承认了又怎么了？没有才怪呢，我当新兵时，也遇到过这档事，肚里的气保管比你现在还有劲道。好了，有归有，被子你给我好好下番功夫。夏奇寒的目光在班里扫了一圈，大家都用心点，今天大队要检查内务，咱们班可得争一保二，标准嘛！和我一样就行了，达不到也得朝这标准努力。今天大伙儿都得超水平发挥，要不然，别怪我把那看不上眼过不了关的被子扔到楼下去。

内务卫生的标准说起来很简单，物品放置有序，被子叠得好，卫生搞得干净。当然，做好了，难度很大。

检查内务卫生的消息，是排长向夏奇寒传达的。这决策来自大队长，而后一级一级地输送，直至灌入每个新兵的耳中。这种传递是接力式的，大队长—中队长—排长—班长—新兵。一般而言，处于一个单位领导位置的那位，是一名地地道道的枪手，他把自己的意志赋予那精巧的扳机，子弹飞离火身口后，一路呼啸，直至命中每一个兵。这种链条式的排列，一环扣一环，在同一个意志统治之下，各负其责，各司其职。谁都不能，也绝对不允许越雷池一步。级别分明，等级森严，是营造部队威慑力、震撼力的主要武器。在部队，似乎一切都有等级，检查内务卫生也是如此。班每天评比内务，夏奇寒手里拿着两面写有“最佳内务”的小红旗，检阅一张张床铺，自己和自己商量片刻之后，评出两个最佳内务，竖一面小红旗。他自己的内务不在评比之列，这并不是因为他是评比者，有作弊之嫌。这是一种权力。权力，比奖励来得显赫。在任何地方都是这样，受奖者喜不自禁，认为自己多么自豪伟大，其实给你颁奖的那位才是真正的显赫。当然，在新兵大队，任何级别的内务卫生评比，班长都不在列，唯有新兵才是主体，这一点也算得是新兵大队的一大特色。

陶有财对评出两位最佳内务提出过异议，他认为既然是最，就只能是一个，唯一的一个。两个，那还叫什么最？

夏奇寒不以为然，搞一个，受鼓励面太少，让你们没什么想头，这评比还有什么用？评比不是目的，是勾起你们那根蓄满荣誉感的小神经。

陶有财打了个哈欠，什么荣誉感？说白了，虚荣心罢了，我才不稀罕这玩意儿呢！

只求过得去，不求过得硬，是陶有财在新兵大队一切行为的准则。攒足劲爬至新兵堆里的顶峰，他有这个能力。然而高处不胜寒，跃出兵们的地平线，干部班长喜欢，可新兵各色各样的目光全都向你聚焦，把你当作靶子死瞄死打，没几个人会和你真心相处，朋友少了那还有什么劲。表现太好，是人缘的腐蚀剂。他是个爱交朋友的人，自然不会和自己过不去。表现太差，容易成为班长的出气筒，整天在人家的唾沫星儿里活着，窝囊得要死，他也不干。不上不下，不好不坏，恰到好处。他叠的被子，充分体现了他的观点。下点功夫，每回的小红旗都能得到，但他没这心思，方方正正、平平整整，离最佳差点儿，比那些差的好点儿。这其中的分寸，很多时候是他有意而为之的。只是有一回，中队长恰好在他叠被子时来班里转悠，停在他床边看着他叠被子。不知是哪根神经不听使唤了，手中的被子第一次显山露水。

这被子叠得不赖，中队长欣赏一番后问，你叫什么名字？

报告，他胸脯一挺，我叫陶有财！

表情很兴奋，局部显现红色状，可他心里却一个劲儿地后悔，真是鬼使神差，弄出这么一个高质量的被子，时间、场所都错位了，准没什么好事。

嗯！不错，不错！中队长背着手晃出门。

一个新兵叠的被子这么好，难得，中队长是由衷地欣赏，但一出门，这一茬就烟消云散了。一队之长，什么都往脑壳里塞，那不成了垃圾筒。

陶有财不会知道这一点。他心想，坏了，在队长那儿挂了号，再好的事也不好，换了其他的兵，定会乐颠上好几天。可这有悖他的行为准则。他捂着胸口，痛苦地喘了一口气。从窗户漏进的丝缕阳光，斜射在他脸上，感觉有无数只小手替他按摩，痒丝丝的有些瘆人。双手铺于脸上，粗鲁地抹个不停。这时，他才发现额头上渗出汗珠。一不留神露了馅，他懊悔啊，一连数天，都在心里给自己写检讨。要命的是，夏奇寒也在场，真正的致命伤恰恰是由夏奇寒戳下的。

这小子，倒学起了生意场上的做假账，给本班长打埋伏玩点子，有你的，自始至终在一旁冷观的夏奇寒心中的温火细燃。火候不到，他是不会发作的。正如一个好的枪手，总是等待寻找最佳的击发时机，要么不扣扳机，一扣，就得一发中要害。

唐志刚没料到陶有财有这一手，大感意外。在七班之内，他只认为班长的被子可以盖过自己的。班长，是老兵，是班长，和自己不在同一起跑线上，扯不到一块儿比，剔除了班长，自己是七班叠被子的寂寞高手。陡然间，冒出一个强劲的对手，不，自己的水平根本不足以与之抗衡。这人，还居然是这个平常嘻嘻哈哈什么都不在乎的陶有财，他接受不了这一现实。唯一能聊以慰藉的是，在这当儿，夏奇寒最好能板着脸恶狠狠地把陶有财训斥一通。虽然这解决不了自己的心头之病，但至少能舒服片刻。偏偏夏奇寒当什么事也没发生，什么也没看见一样，掏出一支烟，和往常早上一样，坐在床边启动抽烟的程序。

希望出现的场面就这么泡汤了，唐志刚气得直想骂娘。他想不通夏奇寒为什么会这样。想不通是正常的，谁叫自己没当过班长，连老兵的味都没尝过。

直到夏奇寒今天亮出这一招，唐志刚才明白过来夏奇寒使的什么战术。这班长就是班长，一桩小事，让唐志刚对夏奇寒崇拜得要

唐志刚，你叠被子的水平在咱班算得是老大，嘻嘻，吴加林装模作样地仔细看了看唐志刚刚叠了一半的被子，心里不情愿却表现出死心塌地的姿势，把大拇指翘得老高。

吴加林明摆着是在说谎话，有陶有财在，唐志刚这第一早就是败落的花骨朵了。这一点，唐志刚不服气也没办法。这话又是从吴加林嘴里吐出来，分明是不高明的拍马术。这小子，唐志刚不喜欢，不到万不得已时绝对不和他瞎掺和。可他的话顺耳啊！哪里哪里，一般化，一般化，唐志刚的话出嘴，连他都搞不懂为什么会这么和气，心里竟然还陡生一缕甜味。

吴加林把所有的笑神经都调动起来了，嘿嘿，我可不是奉承你，群众的眼睛是雪亮的，我是群众中的一员嘛。

呃——哇——，章大强装着犯胃的样子皱起眉头，不好，我要吐。

众人发出会心的笑。

吴加林权当没听见，唐志刚，我想来想去，我这忙只有你才有能力有资格帮。

什么忙？唐志刚有点兴奋。

吴加林一指自己的被子，你看，我就没这能耐，被子怎么都弄不好，劳驾你发挥一下，怎么样？

去去，我没那份闲工夫，唐志刚一点回旋的余地也不留。他心想，叠差了掉价，叠好了，和我平分秋色，那我不是自讨苦吃。

吴加林不气馁，掏出一张五十元的票子，咱也不是让你白帮忙，这算孝敬你的。

说起来，唐志刚还真缺钱花。前几天，家里来信说买化肥的钱都不够了，他正琢磨着是少抽烟抽孬烟，还是干脆把烟戒了呢？

你这是干什么？钱再多，这活我也不干，唐志刚认为有许多东西比钱还重要，至少荣誉是这样。

陶有财中止叠被子的动作，掏出一张银行卡朝吴加林扬了扬，钱，你有多少，我这里是你的一百二十倍，你那点钱，还是留着买糖吃吧。嘁，你以为有钱就了不起，钱能买通一切，笑话、庸俗、堕落，我都没这样，还轮到你穷骚？

唐志刚心里一动，陶有财这人，真不可小瞧。

好事没捞着，碰了一鼻子灰，挨了一顿训。关你什么事？！吴加林回了一句，乖乖地自力更生去了。

忙忙碌碌一个早上，终于在打饭哨吹响时终了。兵们一个个恋恋不舍心惊肉跳地离开班向集合地点聚拢，人人都有一种等待判决的感觉。排长、班长心里的弦也绷得死紧，不时向本排、本班的区域抛去捉摸不定的眼神。毕竟是大队的首次内务卫生大检查，这其中的分量重着呢。

大队长双手戴着白手套，带领三位中队长和手捧记录本的大队通讯员，从一中队一排一班开始，挨个儿查。白手套的作用在于在你想不到的旮旯儿诸如门框上床边下窗台上等等，摸一把蹭一下，有一粒灰尘都能捕捉到。手套太脏了，从口袋里再掏副新的。

早饭的烹调水平一如既往，但兵们的食欲兴奋不起来，心里头有事，吃啥都没滋味。

九个兵吃饭的动作，矜持雅致，往日那种雄性激素过剩的吃相已荡然无存。手里捏根不软不硬油拉拉香喷喷的油条，左看看右瞧瞧迟迟下不了口，咬上一口也是张得老大的嘴碰到油条后陡然收缩，咬下的只有指甲盖那么大，咀嚼老半天咽不下去。一口稀得不能再稀最多也就三四粒米的稀饭在嘴里也得盘旋一大会儿。兵们的味觉、吞咽功能由于检查的冲击发生了大幅度的消退。

夏奇寒第三次从桌中间的大盆里抓过一根粗壮的油条，咧开大嘴撕咬，端起碗吱溜溜的一下，半碗稀饭进口和嚼得不怎么碎的油条一中和，下巴一抬，脖子一伸，油条稀饭一起被压进喉咙。肌肉运动得极其艰苦，表情却相当的轻松自在。

你们也有吃不下饭的时候，好，这说明你们心里有事。一个兵心里有事，而且是关于检查评比的事，是一大进步。在夏奇寒的带兵理论系列中有这么一条。一个成人，一名真正的兵，肚子里才会装下事，并因此对周围的一切索然无味，无动于衷。看来，这帮新兵蛋子已有了些长进。能吃能睡能干能训练，是当好兵的必备条件。吃不下睡不着，训练场上就会蔫歪歪的，乱七八糟的念头会像小蚂蚁一直咬噬脆弱的心灵，有些兵就会浑身难受，坐立不安，歪门邪道的事儿就会不断。熄灯之后吆喝早点睡，饭桌上吆喝多吃点儿，是班长的职责之一。今天，夏奇寒没有履行这本该履行的职责。偶尔让兵们煎熬一次，磨磨他们，也不是坏事。当然，有一句话要是他一出口，兵们或许会胃口大开，吃戒大开。早上他离开班，有选择地找其他班长闲聊沟通，并不是无事可做闲得无聊。聊聊天，的确是心理上的需要，但仍然是幌子，他真正要做的是对他认为内务卫生尚可的班进行一番火力侦察。带着对本班颇有信心的神情巡回一遍之后，他的信心更足。大话不敢吹，在一中队，无人能与自己带领的七班抗衡，至少今天内务检查是这样。有了定心丸，他的食欲自然异常强悍。四根油条三碗稀饭，撑得肚皮浑圆，一抹嘴，迈着八字步哼着小曲气宇轩昂地走出饭堂，到操场上溜达转圈。想起手下兵的表情，吃相所折射出的内心活动，他暗自发笑。新兵蛋子，还是小鸡儿，嫩得不能再嫩了。蛋嫩！哈嗬！这时的夏奇寒，真想引吭高歌一曲。

干巴巴地履行完吃早饭义务的兵们，不约而同地向黑板走去，那上面有内务卫生检查的结果，一个最佳内务班、三个优秀内务班和十佳内务标兵。出人意料的是还有一个最差班、三个差班以及十差个人内务。好的，争不上，可以自我安慰一番，好的少，属于浪尖上的，其他的都是难兄难弟。现在黄了，好的差的一齐亮相，左边是光荣榜，右边是曝光台，形成鲜明的对比。差的，甚至比好的还出名。有些事就这么怪，好事不出门，坏事传千里。

夏奇寒没去看。看不看，还不是一样。他在等某个排长某个班长走过去对他夸赞祝贺一番，哪怕是虚情假意暗揣妒忌。然后，他头一歪眼一吊，是真的吗？哟，我可是瞎猫碰上死老鼠，乱撞到的哟。这样的效果太棒了，令人心旷神怡。

一排长的一声呵斥，打烂了夏奇寒的美梦。

一排长满面怒容，夏奇寒！

到！夏奇寒欢快地立正答应。

你还有闲情在这儿浪荡，一排长指着夏奇寒的手不停地发抖，你他妈的，还嫌把我的脸丢得不够。你不要脸，我还要呢，给我回去好好反省去。

不明真相的夏奇寒被突如其来的暴风雨震蒙了，怎么了？排长！

你还好意思问，七班，还有你那九个好兵都上了曝光台，你可声名显赫了，曝光台被你承包了。一排长真想砸去一拳，但拳至半空又收回了。

不可能，不可能，夏奇寒脑袋“嗡”的一声就大了。七班的整体内务，在一中队稳居第一，再有陶有财、唐志刚两位无可挑剔的被子，怎么也能名列前茅啊。

夏奇寒一个百米冲刺杀进班里。

九个兵，一个不落全在。

兵们站在各自的床前，面对被子，都呈默哀状。

夏奇寒一进门，地上的几粒瓜子壳还有一个香烟头就刺进了他的眼里。

地面谁负责打扫的？夏奇寒吼叫起来。

我，我，唐志刚辩解道，我扫了两遍拖了三遍。

别说那么多屁话，你眼瞎了？

我是弄得干干净净的啊，怎么这样了？

你还问我？

白小柱说，班长，我看一定有阶级敌人搞破坏。

阶级敌人？破坏？夏奇寒听不明白。

你看，我们的被子明显有人动过，白小柱手指自己被子，我的被子叠得再不好，但抹平我总是能做到的，而且，我确实是抹平了的。今天早上，我还特意用板凳压了压。

夏奇寒一看白小柱的被子，果然面上皱巴巴的，像是有人做过手脚。

唐志刚也低声抱怨道，我看也是，我水平再差，也不会把被角折歪了。

妈的×，谁把我的床单拉斜了，章大强嗓门大得吓人，话说完了，牙齿咬得咯嘣响。

有人起了头，大伙儿开始七嘴八舌地胡骂开来。

夏奇寒细细打量了每床被子，都已走了原形，或多或少地遭到破坏。

谁干的呢？

事情，突然变得复杂起来，夏奇寒在心中搜寻。他的思路一下子被搅糊了。

都给我闭嘴，夏奇寒怒喝一声。

兵们一个个又恢复了默哀状。

夏奇寒火从心头起，腾腾腾，几个来回，把九床被子都扔出了窗外。

嗬！七班集体晒被子。楼下有人咋呼一声，阴阳怪气的。听声音，不像新兵，隐约感到是位班长，是谁？这时的夏奇寒已没有往常的分辨能力了。

晒你个头！夏奇寒冲到窗前大声叫道，有种的，你当着我的面再说一遍。

楼下散落着不少新兵和班长，都昂着头用同样表情看着夏奇寒。

短时间的目光对接，夏奇寒没找到说话这人，便回头恶狠狠地冲着自己的兵说，都僵了，下去把被子拾上来重叠。

兵们迈着机械的步子下楼拾被子，谁也不敢看夏奇寒的脸。

班里剩下夏奇寒一人傻傻地立着。空荡荡的房间，透明的空气，撩人的阳光，置身其中，他却感受到挤压沉闷寒冷。自从第一封告状信开始，他就意识到班里有小鬼头暗暗地和自己作对。自己倾心带兵，把手下的兵当作自己的亲兄弟去对待去关心，虽说有时严了点，但那是父亲、大哥般地严。谁想让自己的兵成了孬种，谁都不想。按理说，这一个多月下来，他的心血没有白费，兵们都开始有模有样的了，种种不愉快的事，已淡淡隐去，谁知今天又出了这样的事。他努力想让自己脑子清晰，却被某种感觉牵向浑浊的世界。什么也不想，由他去吧，可脑子又奇怪地澄清明晰。一旦尝试着思索，又都了无头绪。如此反复，肚腹里堆积起越来越多的焦躁。

空荡荡的房间，让他备感孤独。孤独的人，感觉是赤裸裸的。

他像是被人扒光了衣服，扔在这屋里一样。他突然想起一句话，孤独像一头发怒的狮子，可以轻而易举地撕碎一个人。这时，他觉得孤独更像一把刀，一把割杀他五脏六腑的刀。痛！是的，一种痛，正在他心里滋生，便迅速像飞蝗狂舞一般占据了他的全部领地。

班长，第一个进来的吴加林动情地说，别气坏了身子。说完，他径直向自己的床走去摊开被子叠起来。

夏奇寒有些动容，他被吴加林的真诚深深地打动。没想到，平日里一看就来气的吴加林，在这节骨眼儿上按摩了自己的心灵。

他点燃起一支烟，浓浓的烟雾笼罩着他。这时，烟雾是最好的隐蔽，他不想让兵们透过他的表情，探到他内心深处的感觉。

上午的队列训练，夏奇寒只是不停地喊口令，并没有像以前那样离开指挥位置去纠正兵们的动作。口令，不需要思考，他在思考中午应该开个班务会，应该说点什么。

午饭后，他已把班务会的主题、内容理得十分的清楚，第一句话说什么，用什么样的口气，摆什么样的表情，做什么样的手势，均已定格。

兵们一个个坐在小马扎上，双手贴着并拢的双膝，直腰挺胸抬头，双眼一片茫然。

夏奇寒清了清嗓子，开个班务会。这是提示，不算正式内容。是一种惯用语。说什么呢？夏奇寒一下子坠入迷雾之中。

七班的一个班长九个兵，端坐着，静静地，只有呼吸声。兵们在想班长会说什么，而夏奇寒却在努力启封记忆。一次又一次的失败之后，他撤销了开班务会的计划。

休息吧，夏奇寒撇开九个端坐的兵兀自走了。

预想班长会大发雷霆的兵们，仍然端坐着。

望着夏奇寒佝偻之中散发着悲怆凄凉的背影，贾海涛心中不禁泛起一股同情和不平。班长也是人，也有七情六欲，甚至说，也还是和新兵一样没长大的男人。然而，新兵和班长之间又隔着一条河，一条靠游泳技术是无法渡过的河。在班里，班长有至高无上的权力，一个眼色能让你心惊肉跳，能让你不得不屁颠颠地跑东跑西，也能让你吃不下饭睡不着觉。同样，班长又是最为孤独的人。

唉！孤独的夏奇寒。

追上去，什么也不说，拍拍夏奇寒的肩膀，左肩右肩都行，不轻不重之中显露出无意之中的有意。他这时一定最需要。不用说什么，其实什么也不用说。人说话，其实并不只是靠嘴，身体表情手势都能代替嘴巴说话，而且效果不比从嘴里吐出来的差。说话只用嘴巴的人，不能说是傻瓜笨蛋，但至少算不上一个真正会说话的人。

望着夏奇寒孤独的背影渐渐远去，贾海涛最终还是没上去拍拍夏奇寒的肩膀。他不知道，夏奇寒是否和自己一样对被拍肩膀有同样的感觉，倘若没有，不但多余，而且会适得其反。即便也有，自己是个新兵，老屁屁地去拍班长的肩膀，会不会……

贾海涛终究没去。他只在心里默默地祈祷。

第十九章

一大清早，唐志刚夹着扫把，贾海涛夹着英语课本，一同融入清清的晨雾里。唐志刚常对贾海涛说，别背那些暂时用不上的单词，当新兵时这样不好。

平时在班里，兵们有的写信，有的闲聊，有的呆坐，唐志刚拿着块抹布东抹一下西擦一下，实在没地方可处理的了，就蹲在床边像念经的和尚一般虔诚地侍弄那根本无须侍弄也不会侍弄出什么名堂的被子。贾海涛也是一个虔诚念经的和尚，英语单词就是他的南无阿弥陀佛。

海涛，你这样不好，唐志刚常常提醒。

贾海涛不买账，学习有什么不好，我又没干什么坏事？再说都这么多天下来，不是挺好的嘛！

这不是你学习的时候，找点别的事干干，比这好多了。

我只不过用别人闲聊呆坐还有你干那做做样子没有实际价值事儿的时间，学几个单词，怎么啦？学习又不犯法。学习，是高尚的行为，再说了，还有人写信呢，写信，纯粹也是私人行为。

话不能这么说。

那怎么说？

我也不知道，但我想，你这样不好。

得了得了，你也太胆小了，太过敏了。

唐志刚不再和贾海涛争论，只是把忧虑的目光抛给满不在乎的贾海涛。贾海涛也懒得再说下去，省点时间回忆几个单词多好。

直到夏奇寒的怒火如地壳中冒出的岩浆浇到他头上，贾海涛才后悔没听唐志刚的话，没像唐志刚那样多长几个心眼，哪怕一个半个也好。

半天的队列训练下来，兵们的那点青春活力早已被夏奇寒威严毫不留情的口令抽干了。晚饭后，一个个歪坐在小马扎上，犹如坐在迎风破浪中忽沉忽浮的一叶小舟之上。无力地睁着眼也好，疲惫地合着眼也好，都是为了积蓄一点力气，留着待会儿开小灶出小操用。

节假日晚上是班长轰着新兵出小操的时间，一些班长甚至连午休的时间也不放过。加班加点，苦练苦练再苦练，把你练累了练哭了练趴下了，还送你一句，这都是为你好，练好素质是你自己的，咱班长又挖不去夺不走。

按照上级的有关精神，除了正课时间，不允许利用业余时间搞训练，新兵大队也反复重申过，各中队各排各班不得带着新兵出小操，训练效益要向正课要。军人以服从命令为天职，部队是最讲纪律的地方，有些精通这一理论实质精髓的新兵不满班长公然违抗命令滥用职权无情折磨的行为，向举报箱里偷偷摸摸地投状纸。岂料，大队干部没站出来，站出来的是班长，声如洪钟，气壮山河地发表一通演说式的集辩护宣战于一身的长篇大论。

出小操怎么啦？是啊，出小操从原则上是不对，本班长又不是吃饱了撑得慌，找不着消化的道儿，寻不着放松的法儿，错，大错特错，错上加错。坐在那儿吸一支烟，吐吐烟圈，几个班长聚在一块儿嗑嗑瓜子吹吹牛，说说笑笑取取乐，多省事多自在多什么的那个。噢，出小操，就你们苦，本班长不苦，笑话。本班长的苦，是因为你们这帮臭小子才吃的。哼！哼！哼！你们屁股擦不干净，还嫌别人臭。动动脑子，你们就不会把粪盆往本班长身上扣。出小操的目的是什么，你们以为是看你们闲着没事，本班长气不顺整出的招儿摆乎你们的，你们的这种思维太原始太掉渣儿太小心眼儿了。动作做好了，每天的训练任务完成了，质量上去了，龟孙子臭王八才叫你们去出小操呢。过硬的素质怎么来的？练，多练，苦练，死练。只要没练死就得继续练，明白吗？你们的脑袋瓜子真不开窍，连这点道理都不能无师自通，这兵还有什么当头？还能当出个什么名堂来？本班长逼你们出小操，是为你们好，也是被你们逼的，还告我的状，你们应该告你们自己。训练上不去应该不要本班长盯在屁股后头打鬼似的吆喝，你们自觉地给自己开小灶出小操，没日没夜不知死活地去练，才是正道。当兵的，训练场像只病猫，叫什么当兵的，没听过“流汗流血不流泪，掉皮掉肉不掉队”这话吗？没听说过“当兵不习武，不算尽义务”这话吗？没听说“武艺练不精，不算合格兵”这话吗？没听说过“警营男儿，志在演兵场上竞风流”这话吗？没听说过，那现在本班长告诉你们啦，记住喽。下次，别再嚷嚷没听说过。真是的，新兵蛋子，新兵蛋子就是新兵蛋子，自己做错了，还不知道还不承认。出小操，哼，出小操，你们要有种，就别让本班长觉着该带你们去出小操。一个个像怕死鬼上刑场一样，我瞧着都恶心。现在的兵真不如从前了，王小二过年——一年不如一年，哪像本班长当新兵那会儿，班长虎着脸不让出小操，咱还一肚子不高兴呢。告诉你们，把那发牢骚软抵抗胡告状的心思和劲儿用在训练上，才是正道，搞什么搞？……

兵龄，职务，最为关键的是实力相差十万八千里，根本就无法形成对峙之势，班长们三招两式就能收拾完了。新兵本来还可就出小操发些牢骚（当然是暗地里），这下倒好，错全在自个儿身上了，牢骚也没得发了。班长的话，有些强词夺理，有违上级的指示精神，但谁叫人家是班长，咱是毛没长全的新兵。正所谓蛇打七寸，新兵的七寸就是军事素质尚处于发育的初级阶段。一棍子下去，七窍生烟五孔流血。

小操照出不误，要命的是不但出，而且这帮班长开始借机报复变本加厉，时间更长，要求更严。一分耕耘，才有一分收获。训练不吃苦，不如逛马路。瞧！人家有理嘛！

正课训练已是精疲力竭，站着都能睡着，一下课，整个人都瘫了。没等上喘口气，又得被赶到训练场出小操。那点饭菜，根本营养不出应付这种超强度训练的精气神。早上没懒觉睡，不但没得睡，还得像比赛一样看谁起得早，中午有觉不敢睡，面对痛苦了一个早上才整出的被子，谁都下不了决心对自己残忍一次。熄灯了爬上床，还得提防着拉紧急集合。如此这般，兵都被泡成了软不拉几的苦瓜。

搬起石头砸自己的脚，疼，还没地方诉苦，新兵们只得乖乖地顺从，不然又能怎么样，在班里，班长是天。

夏奇寒没有发表这种会口干唇燥的长篇大论，耍嘴皮唾沫星儿直飞，能有多大作用？这也说，那也讲，新兵的耳朵早生出了厚厚的老茧。他把兵们带到训练场，一声不吭地演练起新兵们所接受过的训练课目，一招一式，到位老到，泼辣而又不失规范，一个老兵的形象，横在了新兵们的面前，光彩照人。所有的动作完成之后，夏奇寒脸不变色气不喘，瞧不出一点累的痕迹。兵们的目光成了铁刷子上的钢针。好了，我就这水平，不高不低，你们别嫌孬，好好练吧，叽歪歪地说什么出小操违反纪律算什么能耐。谁达到了我这水平，我亲自搬张小马扎请他坐着，甭说出小操，正课我都让他歇着。训练干什么？就是通过训，练到本领。估摸着自己还提不起来的，自己掂量掂量应不应出小操，该不该多练。夏奇寒言毕，手一背离开训练场，甩下九个还没从惊骇中走出的兵。

吃过晚饭至组织收看中央电视台的《新闻联播》，一般有三四十分钟的时间。这时间对于新兵们贼金贵，可以让自己的思想精神体力处于稍息状态，犹如鏖战之后的短时休整，好歹攒点力气把小操撑过去。静，有助于思考，静，最适合记忆。贾海涛舍不得放过这么好的时机，养足精神训练固然重要，把英语复习好，把考警校的功课复习好，比训练重要多了。默记单词、句子，他心甘情愿地放弃了其他新兵倍加珍惜的稍息。

一般情况下，这时候是夏奇寒在营区内放步散心的黄金时段，晚饭后散散步，让自己什么都想什么都不想，几乎是他每天的必修课。这事和抽烟一个样，上瘾！哪一天因事耽搁了，心里头就不对劲，总觉着不踏实。

今天，他没时间操练他的必修课，有更重要的事在等着他。

早日眼一睁，不，早在昨天，甚至是前天，实际是每天的清晨，眼一睁，他都演绎着接到那封信，一封娟秀字体的信时的心情。读大二的女朋友五天来一封信，装满思念之情。

通信员取信回来一般是午饭前，兵们吃完午饭，就可以在喂饱肚皮之后喂心情了。夏奇寒以风卷残云之势早早完成吃饭的任务后，直奔收发室。通信员可不急，这是他卖关子显示那一点点可怜兮兮权力的时候。每次他靠在收发室门框上连吸下去两支烟，通信员才慢悠悠地走来。今天不知道哪儿出了差错，通信员没出现，一打听，通信员根本就没回来。

妈的，我要是大队长，非撤了这小子的职不可，整天吊儿郎当的，取信都不准时。夏奇寒无精打采地回到了班里。屁股沾沾床边，他又下楼直奔收发室。没人！一个中午，来来回回，上上下下，这天杀的通信员的鬼影还是没出现。他真想等通信员回来用眼神用言语狠狠地杀一通，可惜，通信员不是自己手底下的兵，不归自己管。

下午第一堂课结束后，他本想再走一趟收发室的，怎奈好几个兵训练时都开小差，刚说了两句，开始训练的哨音又响了，只好作罢。再挨到下课，刚要向收发室挺进，十五班的班长，他的老乡堵住了他的去路。兄弟，干啥去？拿信吧？！别跑冤枉腿了，我早给拿来了，嗯！十五班长从口袋里掏出信在夏奇寒眼前一晃又原路返回塞进了口袋，这信我装在口袋里都热乎乎地烫腿，搅得我两堂课精力都不集中。害人不浅啊——！

夏奇寒心头一喜，还装着干啥？给我啊！

且慢，十五班长摆开了勒索敲诈的架势，每回你都捷足先登，玩弄守株待兔的把戏，我一直找不到下手的机会，今天总算天助我也，我日思夜想苦待硬熬了这么多天，你得有个说法才行。

什么说法？夏奇寒见软的不行动手要抢。

装憨你呀？！十五班长一闪，指着周围的新兵说，别动手动脚的，咱俩都是班长，得注意注意形象，别跟新兵似的。

你要什么说法？夏奇寒被十五班长的话呛住了。

十五班长伸出两手指，这个数。

夏奇寒颔首道，两支烟，小意思，我给。

十五班长歪着眼盯着夏奇寒，你当我是小孩子，随随便便就能打发过去。

夏奇寒不高兴但又不便表露出来，那你说说看。

两包烟。

好说！

两包“三五”哟。

好说，好说！

拿来。

我身上没有，回头买给你。

那不成，一手交钱一手交货，不带赊账的。

夏奇寒拗不过十五班长，直到晚饭才抽出空到营门边的小店买来了两包“三五”和十五班长来个现货交易。

散步，瘾再大，这会儿也一边稍息去。

夏奇寒来到他看信的老地方——训练场西南角的一棵老槐树下，盘起双腿享受爱情。

这回的信，看得很不顺利，有好几处刚接近高潮，蹦出的几个英语单词成了拦路虎。他那点英语水平，早还给老师了。他不知道女朋友是在有意考他，还是一时心血来潮赶时髦，反正，他看不懂。关键性的词语，不知啥意思，信看下来，如同吃了好几只苍蝇般难受。

没办法，谁叫自己忘光了呢！夏奇寒跳过英语单词又把信一字不漏地看了三遍。

最后，他决定找贾海涛请教。

在部队，老兵新兵之间的区别不只表现在兵龄上，真正的态势是无处不在。老兵对新兵最常说的一句话“新兵蛋子，你懂什么”？言下之意，老兵就是比新兵懂得多。当新兵的，只有学的份儿，老兵遇到什么难题只在老兵圈里寻求援助，实在不行，找干部请教，再不行，情愿难下去，也绝少有让新兵帮忙的。新兵帮老兵，助长新兵的威风，打击老兵的尊严，到最后新老不分，那还得了。

夏奇寒不顾尊严找贾海涛，实属万不得已。老兵，老是老，可没有一个能在英语水平上摆老资格的。排长、中队长、大队长，英语丢得比自己还早还彻底。唉！弄不懂那些雾里看花的词语，心里憋得慌，不耻下问一回也没啥大不了的。找出纸笔，把英语单词一个个摘抄下来，夏奇寒做得异常艰难。信，是绝不能给贾海涛看的，私性的绝密文件，不宜公开。抄的时候，夏奇寒有意识地把句子打得七零八落。单词的意思懂了，再组合起来，一句的意思也就出来了。你贾海涛只知道单个词的含义，不晓得一句话的内容。这多好！夏奇寒为自己的聪明感到骄傲。

贾海涛！夏奇寒舌头在嘴里翻了几滚才运动出声音。他是想喊得轻柔一点，但一出口，还是夹杂着口令般的威严，仍具威慑力。

这声音一蹿进贾海涛的耳朵，贾海涛应浑身抽筋，起立立正，接下来该是答，到。

可怜的贾海涛，这当儿脑子里根本没有“到”这词儿，他没法在瞬间将英语从意识中全部扫荡出去。

Need some doses，一句英语不自觉改变了默念的状态，轻缓地从口里流了出来，声音不算高，别的兵们都没在意。贾海涛着迷英语，时不时冒出一句半句英语，兵们比夏奇寒见多了，多者不怪。夏奇寒是从贾海涛到新兵大队的第一天早上瞧见贾海涛带着陶醉的神情时，开始注意上这新兵的。日子久了，他才知道贾海涛是利用早回班时间学英语了，也知道贾海涛是带着考警校提干的梦想参军的，更知道贾海涛过于沉迷于文化学习，对工作训练等有点不屑一顾的小九九。点他两句，不忍心。爱学习是好事，只是新兵大队要出炉的是思想觉悟高，工作表现好，军事素质硬，下部队后充当生力军的兵。学习，最起码也得过了这三个月。好事不合时宜，很可能会成为坏事，夏奇寒应该说说的，但他不忍贾海涛面对这残酷的现实，他一直在寻求最佳的时机最佳的方法以获得最佳的效果。况且，更重要的是他欣赏贾海涛这种爱学习的品质和有水平的兵。这个社会说起来也真奇怪。世界在飞速地发生变化，富有强烈的挑战性和竞争性，和平年代孕育了战争般的硝烟弥漫，人们都笼罩在没有流血没有枪林弹雨却又异常激烈火爆残酷你死我亡的厮杀之中。世界变得越来越小，人们的空间却越来越大，选择工作和生活的方式愈加辽阔宏大。年轻人天不怕地不怕的天性，往往误认为在这样的世界太自由太容易了，根本不需要什么文化什么知识，只要有一股闯劲就能凭空杀出一片新天地。悲哀，莫大的悲哀，他们知道得太少，对这个社会的认识太幼稚太偏激，总认为书有什么看头，知识有什么学头，拉关系开后门搞好感情投资，是最好的敲门砖和通行证。要么就是觉得这个世界如此开放，找点事干挣点钱养活自己太简单了。悲哀，莫大的悲哀。贾海涛显然与众不同，他充分意识到一个人在这个世界上拼杀的实力之源是知识，并为之积极准备着。他是清醒者，迷茫一代里的清醒者。这世界，需要成千上万这样的清醒者去支撑。最奇怪最让人不可思议的是，社会上青年一代的文化素质逐年提高，部队新兵的文化水平却呈逐年下降趋势。中国大地的扫盲行动已大获丰收，但这些年来，档案里是中专、高中、初中写一封信却错别字连天一张请假条都写不好的兵不是少了而是多了。像贾海涛这样通晓英语的当然更让人刮目相看。这样的兵，不考警校，谁还能去考？再说了，倘若干部的素质和新兵的素质一样下降，部队还不被拖垮？适应高科技的战争，对付智能化的犯罪分子又从何谈起？考警校，也一直是夏奇寒的梦想。梦，可能只会是梦了，一来文化根基浅，二来自当兵以来，也许是因为自己军事素质好的缘故，第一年作为新兵的佼佼者参加比武班，备战总队大比武；第二年、第三年成了游击队员，加盟示范班，在全支队搞巡回示范，要么就是在警地各类联欢活动上充当表演的角色，根本无暇去看看书复习复习，提士官留下来了，本想再冲刺一番，利用冬天静下心来温习功课，来年上考场拼一下，偏偏又抽到新兵大队。唉！人在警营，身不由己。况且，当兵，首先得尽兵的本分，自己想当干部，也是想多在部队待几年多听听那令人通体畅快的口令，好好滋养滋养，让人生更多彩更有韵味。自己的梦无法圆，让手下的兵替自己去完成，不失为一种不是办法的办法。

欣赏、梦想一综合，夏奇寒对贾海涛在有些事儿上不像和别的新兵那样较真，自然顺理成章。只要贾海涛不那么过分，不那么出格，他的态度会一直持续下去。

坏就坏在贾海涛过分了，出格了，尽管是夏奇寒的错觉，尽管贾海涛压根儿没想过分出格，应该说是连想都不敢想。然而这已不重要，重要的是夏奇寒认定贾海涛过分了出格了。

贾海涛不会老睡在英语里，醒了，猛醒，班长，你叫我。

不懂英语的夏奇寒把贾涛说的英语从语音上理解成，你是什么东西？

夏奇寒说，你刚才说什么，再说一遍？

贾海涛说，Need some doses.

夏奇寒说，我是什么东西？

贾海涛说，班长，你发音不准，不是 what's some doses，是 Need

some doses.

夏奇寒说，王八蛋，你敢骂我。

兵们的汗毛都竖起来了。

贾海涛说，我没骂你。

夏奇寒说，你没骂？

贾海涛说，我是在念英语。

夏奇寒说，你是在念阴语。

贾海涛说，我，我。

夏奇寒说，你个驴。

夏奇寒说，你能耐大了，敢骂班长。

夏奇寒说，你看你，还有点兵样吗？

夏奇寒说，别人工作训练，你尽看熊书。

夏奇寒说，你有水平，你有水平怎么的了？

夏奇寒说，我说你行，你就行，我说你不行，就不行。

夏奇寒说，水平再高，你也是我手下的兵。

夏奇寒说，一巴掌还拍不死你，怎么的？

夏奇寒说，英语，你会宇宙语又怎么了？

夏奇寒说，知识塞得再多，思想不好，工作不积极，训练上不去，你还是孬兵。

夏奇寒说，考警校？哼，表现不好，想考也轮不到你考。

夏奇寒说，考你个头，一边凉快吧。

夏奇寒说，这个熊兵，看起来就不是个东西。

夏奇寒说，歇歇吧，你别想有好日子过。

夏奇寒说，再看什么英语，我把你从七班轰出去。

夏奇寒说，别忘了兵的本。

夏奇寒说，兵，得先有兵的样子。

夏奇寒说话时的样子真像要宰了贾海涛。

千刀万剐！

贾海涛浑身如筛糠，脸色由黄到白到红到紫到青再到白，眼泪吧嗒吧嗒掉个没完。

夏奇寒成了狼。

贾海涛成了羊。

一只狼，两只瘦耳直竖，一双瘦眼镶在那张长条形的脸上，精光迸迸，眦出一口尖牙，闪着利刃的光芒。一声冲天的嚎叫，鲜红的舌头，如同一把红色的刺刀。羊呢？哀号，颤抖，瘫散如泥。意识，肉体，瞬间被撕碎，化作水一样的液体。

一夜没睡着，三顿饭没吃，贾海涛如同行尸走肉般活着，只要一听到夏奇寒的声音，就浑身颤个不停。

第二天晚饭后，他如一块石头压在小马扎上，英语书，所有学习资料都已被他撕烂，连同他的意识。

夏奇寒当着全班的新兵向贾海涛道歉，没人要求他这么做，是他自己要做的。新兵骂班长，而且当面骂，简直是天方夜谭。冷静之后，夏奇寒醒悟了，一气之下，不分青红皂白，过火出格的是自己，而非贾海涛。

夏奇寒说了很多很多，情真意切，悔意丛生，别的兵听着听着眼圈都红了。贾海涛没反应。他反应不过来。

兄弟，都是我冤枉你，夏奇寒伸出右手弯下腰拍了拍贾海涛的左肩膀。

贾海涛感觉刚到新兵大队的那种被夏奇寒拍了拍肩膀的感觉又回来了。灵魂又重新回到了贾海涛的躯壳里。

痛苦消肿之后，贾海涛也从夏奇寒那番一长溜的骂语中，悟出了一些确实对自己有用的东西。夏奇寒虽是狗急跳墙瞎扯一通，但他的说法，确实让贾海涛意识自己的坐标没有校正好，偏离了兵的航道。对啊，先得利用新兵生活打好基础，让自己成个合格的兵，才配去梦想当干部。悟出门道的他，开始循着唐志刚的思路去过每一天的新兵生活。

第二十章

篮球场的用途，发生了质的变化。

新兵第一排席地盘腿坐成一尊尊塑像，屁股贴在冰冷的水泥地，通体冰凉。第二排严格遵循蹲下的动作要领，这蹲，动作简单，就怕熬时间，大腿肌肉顶不住长久压迫，忍不下去的新兵就偷偷地尽可能神不知鬼不觉地换腿。第三排呈跨立姿势，这是最为悠闲的，无聊时，背后的双手还能抓抓捏捏转转扭扭做点小动作，调节一下情绪。

被新兵们圈得严严实实的篮球场，这会儿是擒敌技术表演。新兵是观众，台上唱主角的是新兵班长。

擒敌技术是武警部队独有的训练课目，细分为基本功、倒功、擒敌拳、擒敌配套动作等。这是武警战士的看家本领，抓逃犯擒顽凶短兵相接之时，三下五除二，就能搞定。当然，更多的时候，是在参加警民联欢会之类的舞台上充当保留节目做压轴戏，成为赢得掌声的硬通货。老兵们在兴奋之余，常常想，这算不算一种悲哀呢？

新兵的擒敌技术训练以基本动作为主，基本功、擒敌拳、倒功是新兵的必备干粮。这干粮的量恰到好处，填饱肚子符合营养学，又不至于超量撑破肚皮。

班长们硬生生地往硬邦邦的水泥地上摔，一个动作，一阵如潮的掌声。吴加林巴掌拍得由红到紫，恨不得把十几年来积蓄的力量全部喷射出来。为班长们的精彩表演喝彩欢呼只是掌声中的半壁江山，剩下的一半，是借鼓掌来掩埋心中的恐慌、畏惧。身上的肉、骨头是什么？那水泥地又是什么？以卵击石，还能有什么后果？乖乖隆的咚，这不是玩命吗？看别人玩命，充斥着浓浓的血腥味，刺激过瘾，可马上就轮到自己玩命了，那可怎么得了？每次班长倒地的声音，在他心里都化作鬼哭狼嚎，是来自原始森林的长长的不知何种神怪发出的痛击心骨的啸声。他被恐怖捏在手心里，精神世界一片荒漠。

前倒、前扑、侧倒、跃起侧倒、后倒，动作舒展流畅，过程简单明快。一个口令，一个动作，班长们的表情和抽烟时没什么两样。时间不长，半支烟的工夫。吴加林突然间发现班长们都是怪物，是傻蛋，是一群失去理智没有酸甜苦辣浑身无一丝痛觉的怪物。起初，他耐不住来自水泥地透心的凉气对屁股的侵袭，现在，浑身对冷已没有了知觉，只感到无限拉长的时间把自己打入了无底的深渊。

今天是擒敌技术训练课目的开训，为此，新兵大队特意安排了这场表演。内容并不复杂，来来回回的臂腿基本功，二十个招式的擒敌拳和倒功的五种倒法。内涵却是相当丰富的，也正因为这样，表演结束后才有了半小时的休息时间。课间休息一般都是十分钟，只够喘口气上厕所撒泡尿。超常的时间，为的是让新兵细细咀嚼品味看表演后的感受。

班长，吴加林顾不上做坐地起身之后习惯性的拍打动作。

夏奇寒眉毛一挑，咋了？

好！太棒了，吴加林竖起大拇指，班长，你这真是盖世神功，绝了！

瞎扯什么×毛，这点毛毛雨，你练上一阵子就行，什么叫基本功？这对咱们来说，这就是吃饭的家伙，没这两下子，能干什么？干得了什么？夏奇寒知道吴加林是在瞎捧乱抬。

班长说得是，吴加林上下扫视着夏奇寒，班长，你没什么事吧？

我能有什么事？夏奇寒这才注意到吴加林的表情极不自然，脸白得有些吓人，便说，我看你倒像有事儿，是不是哪儿不舒服？

吴加林躲开夏奇寒关切的目光，我，我没事儿。

那你紧张什么？

我没紧张。

还说没紧张，浑身打战，都成了挂在树枝上的叶子了。

班长，让我看看你的手。

夏奇寒嘴角一咧，噢，我知道了，给你看吧，不看，你这颗心放不下去。

手上有老茧，有些微红，吴加林斗胆捏了捏，感觉上和自己的手一样柔软，只是皮肤有些粗糙。

吴加林有些迷糊，摔在水泥地上不疼吗？

不疼？谁说不疼，只不过不是很疼。当然了，动作要领掌握不好，不光疼，摔得你破皮折骨也有可能。倒功是一种主动性的倒地，通过技巧性的动作达到保护身体着地不受伤。

我还是不明白，哪有这样摔在地上，还是水泥地，起来跟没事似的。人，又不是铁打的，吴加林感到自己的魂魄还在体外游荡。

夏奇寒手指一戳吴加林的肩膀，你啊，不是不明白，是害怕。我刚当兵时，也有你现在同样的想法，不怕你笑话，看了班长的表演，我吓得差点尿裤子，这没啥丢人的。正所谓会者不难，这功夫是摔出来的，摔到一定程度，对身体而言，水泥地就变成海绵了，告诉你吧，倒功练到家了，在水泥地上摔是最舒服的。

夏奇寒的这最后一句话，吴加林听得浑身的汗毛都由卧倒瞬即立正，根根挺直无比，全身的皮肤已成老榆树皮，疙疙瘩瘩。

白小柱常常把自己淹在武打片里，成龙、李连杰等武打明星主演的片子，百看不厌。班长们的表演，他也鼓掌了，只是心里瞧不上这点小伎俩。擒敌拳，名字怪震人的，动作也就那么回事儿。

我看这擒敌拳浪得虚名，白小柱搓搓手，我这拍手拍得有点言不由衷。

章大强故意歪着头，怎么，你对武术也有研究？

这倒不是，我只瞧着这擒敌拳动作太简单，没什么花招，擒敌，靠什么擒敌？在白小柱的脑海里，灌满的是成套的你来我往打得不可开交的武术对打配套动作。

言之差矣！章大强一昂头，你是外行，只图看热闹啰。

白小柱有点不服气，你是内行，那你说说这其中的门道。

话音刚落，章大强沉声道，想听？

想听！白小柱说，可别蒙我，我可是能分辨出你说的是对还是错。

章大强学着江湖人士的礼节，双手一作揖，好说，不过，我也只是一家之言。

你啊，怎么文绉绉，酸溜溜的？白小柱翻了个白眼。

不瞒你说，这套擒敌拳，初看时，我也不屑一顾，虽然我觉得似曾相见。对！瞧出门道也就是从这似曾相见开始的。擒敌拳的二十个动作，可以说都不是自创，基本上都脱胎于各门派拳术，光这样，就不得了，听说过取百家之长吗？我敢断言，编排这擒敌拳的人，一定是一个洞悉各武术门派精髓的大家。当然，你说得也不错，这些动作是没什么花招，问题的关键恰恰就在这里。

擒敌拳，擒敌拳，其最根本的目的就是擒敌，最根本的原理是一步到位，一招制敌。举个例子吧，第三招掏裆砍脖，左脚上步，左手前抄掏裆上提，右腿上一步的同时，右手成横掌砍打，一步一动没什么波浪，满打满算四个小动作，一看就懂，一学就会。简单吧，是简单，可要用在实战上，那可就极具杀伤力了。掏裆，五指发力，什么滋味？裆部是人最致命的部位之一，抓住了使劲一捏，半条命就丢了，横掌再对准后脖硬砍一把，如果用力到位，位置正确，对方不死也成了一堆瘫肉。老兄，简单的背后往往隐藏着无尽的玄机，简单有效是武术的真谛，那种复杂烦琐只是武术的怪胎。这也难怪，武术发展到今天，技击功能已大大萎缩，取而代之的是强身健体。这正和我们军人一样，最初是因为战争才有了军人，军人的使命是厮杀，流血，现在呢，无仗可打，军人成了一种摆设，摆设的目的是震慑，达到预防战争的目的，生活就是这么爱嘲弄人。当然，岂止是生活，章大强似乎触及了心中某根不能触动的神经，表情愈发沉凝起来。

哟嗬，没看出来，你章大强肚子里的货还真不少，白小柱咂了咂嘴，我怎么没早发现？

别穷逗了，我是块什么料，我还不知道。

这话你说错了，你是谁，最了解的不一定是你。

那是谁？

这就不好说了，可能是你的父母，可能是你的朋友，也可能是你的战友，反正多数情况下，不是自己。

你这话有点道儿，我还是第一次听说，你肚子里的东西也蛮多的哟！

哪里哪里，白小柱听多也听厌了阿奉承的话，在他的周围，多半是这样的人，跳出世俗来到部队，就有脱逃的成分。刚到部队，他为自己庆幸，终于走出了沼泽，可时间不长，特别是在大队长那次闲聊之后，他觉得挣脱得并不彻底。也许，世上并没有真空，洁净、纯天然只会出现在新华词典中，生活词典里可能根本就不存在这些词语。章大强的话，虽有奉承，但还是真诚的，他喜欢和章大强如此平等畅快地交流。要知道，寻找平等，并不是一件容易的事。好像这世上就有许多许多的人喜欢不平等，虽然他们时常把崇尚平等挂在嘴边，廉价地兜售。现在，章大强悟出了擒敌拳其貌不其扬的外表之下深层次的东西，品出了擒敌拳的魅力所在，激发了他好好学的热情和兴致。

班长们表演，并不是为博取新兵们的掌声。新兵是观众，是一群特殊的观众。别以为看一看乐一乐、鼓鼓掌喝喝彩就完了，这些可有可无，是不是多余不好说，但肯定不是必需的。真正需要的是，新兵打起精神，瞅准班长们的动作，下定决心去苦练。

擒敌训练是从臂腿基本功入门，第一个动作是准备格斗。用行语说，就是拉架子。夏奇寒结合动作讲解要领，听到准备格斗的口令后，右脚后撤半步约于肩同宽，身体半面向右转，双腿弯成半马步，左手变拳上抬与下颌同高，腹部微收，右手变拳置于腰间，双眼透过左拳上部目视前方。

动作确实简单，边听边看边做，大体上的架势一拉就成，局部的不到位，点拨两次，就能改正。章大强学得最快，动作做得比夏奇寒还好看，只见他抖腕抖肩抖胯，一个简单的动作，经他一施展开来，虎虎生威，一旁的白小柱愣是学不来。

章大强，按动作要领做，夏奇寒下达口令，准备——格斗！

一招一式，有板有眼有劲道，尤其是马步，真是大腿平、小腿直，自腰向上立挺。

夏奇寒的话刚好相反，你这动作不对。

不对？！章大强心想我有扎实的武术根基，这个小动作还能做不对，班长，你指点一下。

夏奇寒知道章大强心里打什么小九九，不是指点，是纠正。左拳上抬，右拳置腰间，均要取捷径，你那花里胡哨的，是好看多了，可不实用，不实用的，就是多余的。还有马步，要蹲半马步，半马步更有助于随时处于待出击状态。

好，我再来一遍，夏奇寒的话章大强无处反驳，他不就是看重擒敌技术的重攻击轻表演吗？

还不行，夏奇寒批评道。

我想做，可动作一起，还是这个样，章大强埋怨道。

夏奇寒说，问题的关键在于，你学过武术，你的一切动作都有原先的印记。

那怎么办？

很简单，把以前的动作都忘记，让自己成为一个初学者。

练了多年武术的章大强，频频在武术比赛中拿名次夺冠军。原以为有良好的功底，到部队学擒拿格斗小菜一碟，没料到，倒反而成了绊脚石。他不气不恼，反而觉得有意思，由此延伸出去，他想到了社会和部队的区别。以前对部队的认识太肤浅了，其实部队博大精深着呢，穿着一身警服扎进营区，回头一望，自己依然浮在水面。浮在水的上面，身上根本没有一点水花。

一个上午，多半练的是准备格斗姿势，夏奇寒讲评时居然还说练得不怎么样。忙了一个农时，却一无所获。看看天，望望颗粒无收的田地，叹息的种子不停地抖落，兵们揣着和老农同样的心情，再回想刚才班长们的表演，更蔫了。想当个好兵，想当班长，得有班长们那样的素质，可像这样练下去，什么时候才能得道？这样一想，心情愈加沉重。

唐志刚没有这么多心理上的负担，因为他在看表演时，发现了一个需要他细细揣摩最终会给他带来启迪的现象。

二十七个新兵班长，一个不落全都上场。在新兵面前表演，对他们也有一种压力。平常教育新兵，见红旗就抢，有第一就争，现在轮到自己上场，这关系到自己的形象问题，谁都卖力，竭尽全力使出浑身招数，让兵们看看本班长的资本，也好为威信添砖加瓦。尽管如此，唐志刚还是发现有些班长的动作不怎么样，单列开来，他看不出个一二三来，可同在场上做同样的动作，再不懂的也能当评委。他想起了一个笑话，说是一帮人到某研究院去应聘，其中有一个什么都不懂，但他上头有人，那研究院的领导倒也大度，说，你什么也不懂，就当评委吧。这笑话的真实性让他怀疑，但可能性他坚信。现在自己不也是对擒敌技术没点知识却照样能评判优劣吗？他在想，那些动作不怎么样的（有个别的，甚至很差），怎么能当上班长的呢？他觉得他有必要把这一现象好好剖析一番，挖出深层次的对自己有用的因素。

章大强不以为然，你累不累啊，这也想，那也想，自己给自己找罪受。

不懂的就得想嘛！唐志刚倒觉得章大强是典型的运动员，四肢发达，头脑简单。

这有什么不懂的？章大强口无遮拦。

你懂？唐志刚用鼻子做了回呼吸，你真懂？

章大强愉快地说，这算你说对了，班长是教我们的，他会不会、强不强没关系，这并不影响他训练我们。

你没听说过，兵熊熊一个，将熊熊一窝？他不会，动作不好，能把兵教成啥样？唐志刚轻斥道。

这你就不懂了，我们那儿有个教练，培养了好几个游泳冠军，可他本人并不会游泳，我的篮球教练打篮球臭得一塌糊涂，运球经常走步，但给我们上篮球课，指导我们训练，都是一流的。教学是一门综合性的艺术，自己不会不精，可照样能把别人调教成行家里手。

这，我想不通。

还有，班长也并不一定是全能，他擒敌技术不好，说不定其他方面都棒呢，人无完人，大伙儿不是常这样说吗？

章大强的话，唐志刚吃进了肚子，但没法子消化。不过，有一点他明白了，当班长，不一定要军事素质样样过硬，有一两样不行，照干不误。除军事素质外，还须具备许多东西，有智力的，也有非智力的。想着想着，脑子里现出一束灵光，他为之一振，他开始觉得当兵真有点当头。

那次和邻村的退伍老兵一番谈话又闯出唐志刚的记忆之门。

你咋想到去当兵？老兵知道了他的来意后，问话直冲主题。

都不当兵，谁去当兵？回答得很干脆。事后，他想到这句脱口而出的话，颇为自豪，一腔豪情，掷地有声。他曾问过自己，这话有没有水分，是不是单纯为了应付老兵，但思考的过程和结果始终是模糊的。唯一清晰的是，这是句大白话，大实话，也是他当兵的原因之一。当然有一点可以肯定，他只是从一个侧面回答了老兵。

好，这话说得好。不过，你也没说清楚你为什么要当兵。

在家闲着没事，老是白吃，不好，家里也挺困难的，多了张不干活光张嘴的，更困难。我去当兵，有吃有喝减轻了父母的负担，那身警服也很神气。

神气，只是警服的外表。警服也不是那么容易穿的，要吃好多苦头受许多罪的。

在家要是干活也磨人，我不怕吃苦，人到部队，吃喝穿都是部队的，干点活吃点苦，也是应该的。

那出去干嘛，在家得了，为了这点目标，就要到部队去，你不怕愧对警服？

也想出去闯闯，长长见识，有点出息。

想有点什么出息？

学点技术，退伍回来好找点活干。

没出息，就揣这点想头去部队，也不怕丢人。

那你当初当兵，是咋想的？

我嘛！一半是恋那绿色，觉着一生中没一段当兵的历史，怎么想都不是个味，这是绝对的单纯；另一半就有庸俗的了，利用当兵，走出这座山，远远地走开，再也不回了。

可你还是回来了？

不错，我是回来了，而且没有军功章没有党票连个副班长都不是，地道的光溜溜出去又光溜溜回来了。这是我自己一手造成的，一心只想留在部队，想得太多太滥，最后什么都烂了。唉，农村的孩子，要想混出个名堂来真难哪！

你后悔了？

谁说后悔了，两年兵当下来，我学了不少东西，懂了不少道理。要说后悔，我后悔当初只想不去做，要是再有机会当兵，我相信我一定是个顶呱呱的好兵，提干也是有可能的。

那怎样才算是个好兵呢？

好兵？这没什么定性的标准，这样说吧，你像庄稼人种地一样就行，就能当个好兵。

不一样吧，种地，也得要赶上好时节才有好收成，光是埋头撒种子施肥锄草，不看天不看节气不学别人的长处不去细细琢磨门道，到头也会是白晒太阳白流汗。

哎呀，你小子是个人才，你定能当个好兵，飞黄腾达的日子有你的咧。

你这话过了，我人还没到部队呢。

可别这么说，你小子前途一定不可限量。

我想请你多和我谈谈部队的事，让我提早进入情况，少走一些弯路。

那没问题，给你说部队的事，我也能解渴。

怎么，你口干了？

扯到哪儿去了，我是说，离开部队有好些日子了，现在还真想部队呢，总想叙叙回味回味，有了你这个听众，我是求之不得。

一连几天，唐志刚都到老兵那儿去。绿色的情结，拴住了他俩的心。老兵是座矿藏，部队更是座大大的矿藏，其中有取之不尽的宝物。

唐志刚在家并没有写日记的习惯，可到部队后越来越发现许多新鲜的人物和故事，发酵之后，又生产出许多感想，他想一一留住，便找了个本子记两笔。原先只是想备份资料，没想一次被夏奇寒无意之中发现了，唐志刚，这日记写得不错，有深刻思想，好好写，雷锋就经常写日记。意外的收获，使唐志刚兴奋不已，写日记更勤了，对内容要求更高，过滤掉一切杂质。一两个星期下来，写起来有些累了，他干脆又买来一本日记。这样好了，一本只供自己一个人欣赏，对外人绝对保密，另一本属于公共读物，他没有过于声张，从不主动拿给别人看，连放的地方都还属保密范畴，一般人他不给看。他曾自责如此太卑鄙，但想通了又很坦然，两本日记上记的都是心之所想，没有一点故意拔高的，两本合在一起，是他的整个思想。只是属于绝密的那一半是他的隐私，不能见阳光。人嘛，总会有不可告人的秘密，我唐志刚是凡人中的一员，自然也不例外。在他看来一个真正透明的人是不存在的，也是不可能的。他不知道那些军中名人是不是和他一样，但他坚信他们即使没有一本纸做的日记本，在内心深处也一定有一本日记，公之于众的只是心灵日记的一部分。

想到日记，想到自己的事，唐志刚自然而然想到了贾海涛。

这些天来，贾海涛的日子不太好过。为情所累。凤玲又是三四个星期没来信了，原有的一周一封信的爱情往来再次遭到破坏。贾海涛也不张扬，别人没发觉，唐志刚却从贾海涛的眼神中读到了焦灼、不安、忧伤，天天往收发室跑，次次是空趟，回到班里一声不吭坐着发呆，晚上睡觉，床不响，却听到他喘粗气。

海涛，你和凤玲怎么了？唐志刚上周的一次晚饭后把贾海涛拽出了班。

怎么了？贾海涛不承认，咱们好好的呀！

别瞒我了，咱俩是老乡呢！

我没瞒你。

好，贾海涛，你不把我当老乡就散，唐志刚假装生气要走。

贾海涛见瞒不过，便说，你怎么知道的？

我说了，咱是老乡，你的事，我还能不关心？

顿时，贾海涛的眼眶就热了。这时的他，需要知心朋友来抚慰。

前一阵子还好好的，突然间就不来信了，贾海涛说，他妈的，这是什么事儿？想问都找不到人问。

唐志刚低语道，再等等，兴许她这段时间有要紧事，过两天就会来信的。

贾海涛和凤玲的感情，唐志刚是清楚的。凤玲，他也了解，是一个很不错的女孩子，有时，他真有点嫉妒贾海涛有这等艳福。当了兵的贾海涛，比在家时神气多了。在家那会儿灰头土脸的，凤玲都喜欢，现在一身警服，没理由不爱上加爱。他断定凤玲遇上什么事，没空给贾海涛写信。当然，也不排除凤玲有意这样做。唐志刚虽然没谈过恋爱，但他听说过现在有许多恋人热衷于考验游戏，以此来考验爱情。

吃饭站队前，唐志刚看到贾海涛又是那半死不活的面孔，便说，海涛，打起精神来，说不定今天就会有信来。

贾海涛病歪歪地说，你这话说了有十来次了吧，行了，别劝我，这点事我挺得住。

真给唐志刚说中了。

凤玲来信了！

信是从深圳寄来的，凤玲在信中说，她和一帮小姐妹到深圳一家玩具厂打工了，开始没定下来，没有告诉贾海涛，后来去了，什么都不适应，也没心情写信……

唐志刚打趣道，怎么样，我说今天会来信吧。

去你的，你是瞎猫撞上死老鼠，贾海涛回应道。

好喽！我们的爱情王子度过危险期了，又焕发出激情了，唐志刚有意用舌尖舔了舔唇，滋味如何？

贾海涛心头甜蜜蜜的，脸上现出幸福，一切都已修补，一切都已回归，他为自己这么多天来的胡思乱想和担心恐慌觉得好笑。

什么滋味？贾海涛假装迷糊。

爱情的滋味呗！

你又没谈过恋爱，跟你说也是白说。

真不一般，被爱情一滋润，智慧多了。看来，爱情的力量真是神奇，枯木生芽，我得早些寻找一份爱情。

穷说什么，我敢断言，你现在的心思没有放在爱情上。

那你说我心思在哪儿？我也是男人，同样渴望那死去活来的男欢女爱。

问我？别装了，你心里清楚着呢。

唐志刚木然沉思，他不知道贾海涛到底对自己的心思了解多少。不能再谈了，就此偃旗息鼓。

第二十一章

整整一夜，唐志刚都没睡着。他在内心深处把到新兵大队以来的生活嚼了又嚼，嚼出了某种滋味。

让一个我和另一个我坦诚地交谈、会诊，高效率的思考带来的是丰厚的回报。每晚熄灯后，他都十分舒展地躺着，所有的关节和肌肉松垮垮地搁着，全身的动力输送给脑细胞。先是放电影般地再现一天，全景似的大回放，而后映出另一个我与之做解剖式的谈心，意念肢解每一句话每一个动作。放大镜，高倍率的放大镜（许多时候用的是显微镜）不停地对每一个细节聚焦，错了？对了？疏忽了什么？该怎么去补救？自己开药方、配药，自我疗治。再困再累，也要必修这一课，比执行条令条例还坚决彻底。一个人，对付自己最有效的武器还是自己，只要自己打不败自己，就没有人可以打败。同样，自己管自己的效能是任何外界力量所不能超越的。自己划的规矩，才是最规矩的。唐志刚一个晚上没睡，没有一丝困意，他需要用整晚的日子来思考。躺在床上更有助于思考。没有一缕灯光，外面厚厚的铅云围困月亮，所有的光亮均已下岗。白石灰刷成的屋顶，这时成了黑幕，黑暗的极限，反而让唐志刚感到无限的空旷。

选择警营，路是走对了。营区虽小，远不及家乡的田野广阔，可就是这小小的营区，折射出眼睛不够用的多姿多彩。生活很紧张，但有节奏。一天下来，苦死了，精神却像粮仓一样实实在在。因为远离的缘故，故乡变得模糊起来，消去了贫瘠带来的千疮百孔，清晰的是炊烟扶摇的乡村，浓浓的乡音，忙碌在田间有说有笑的乡亲，一切都变得可爱了。就连隔壁的长着癞子头鼻子下永远挂着鼻涕的铁蛋，浮现在脑海里的也是令人同情的一面。在家时可不，从不愿与他靠近，宁愿捂着鼻子绕道走，末了还要吐几口唾沫。

刚到部队两眼抓瞎，像一个刚出生的婴儿，面对一个全新的未知世界，好奇之中混合着恐惧，叽叽哇哇地学说话，摇摇晃晃地练走路。而今迈步从头越，自己尽了力，收获也是有的。应该说，一切均按自己当初的计划在进行，基本上没有走样，但仅有这些，远远是不够的。谋事在人，成事在天。天，是自己以外的人。功夫不负有心人。新兵大队的干部班长全放在筛子上筛了筛，第一遍，筛老乡，第二遍筛有用的老乡，最后定下的人员名单是三中队长王有根、十排长石庆国、二十三班长周蒙。这其中，在王有根身上花了不少心血。在新兵大队乃至整个支队，他是一个话多、易冲动、群众基础弱、领导评价差的干部，优点是讲义气。这样的老乡，彼此关系过于热乎，旁人会把自己归为与王有根一路人物，那样损失太大。老乡，最亲的老乡，又是一队之长，指不定什么时候要用上他，丢了太可惜。思前想后，权衡再三，唐志刚决定表面上在公开场合不和王有根过于热情，私下里加强接触，把一切做得无痕无迹，掐头摘尾只留中间那段有用的。不是老乡的也有三人，十三班长沈一飞、大队部通信员袁良波、本班战士白小柱。这三人的角色是桥，沈一飞是夏奇寒的老乡，关系铁着呢，曲线活动，有时比直来直去更有威力。袁良波是大队长、教导员的马前卒，唐志刚虽然从骨子里讨厌他，但用处太大，也就不计较了。这和臭豆腐一样，闻起来臭，吃起来满嘴香，据说也蛮有营养。白小柱就更不用说了，新兵中的一号人物，神通广大，谁都对他敬让三分。之所以选中这三人，还有一个原因，他们都很重感情。感情，是一张通行证，一个人重感情，只要你走进了他的心里，把你当作知己，帮你点忙是小意思。回报也很简单，只需感情足矣。一切都在正常运转，黑板上的光荣榜连续三回出现唐志刚的名字，就是最好的证明。

房顶渐渐发白，新的一天来到了。

一夜未眠的唐志刚，浑身反而蓄满了力量。穿衣下床，走过章大强床前，见其被子一半挂在床外拖在地上，绿色被尘土染成了灰色，他轻轻地把被子掸了掸放回了床上，接下来要做的自然拿扫把扫地去。

待唐志刚再往班里走时，楼梯、走廊已被拖得干干净净，有些潮湿但没有积水。天冷，有点水都会结冰，水泥地铺上冰，一不小心就会摔跟头。可见，拖地之人心贼细。有水迹，告诉你地拖了。干净、安全，干这活的人，认真着呢。

楼梯是贾海涛所为。那回夏奇寒的一番重了不能再重的话，让他悟出了门道，虽然夏奇寒道了歉，但话是有一定道理的。经过一番反省，贾海涛把英语书打入了冷宫，开始和许多新兵一样积极地打扫卫生，干这干那。是啊，基础打不好，还盖什么高楼？

章大强早上的必修课也忍痛放弃了，他是受其他新兵的启发放弃的，人家早上起来都干活，自己在那儿练武术，极不和谐。一首新兵大队早晨圆舞曲，出了他这样一个不和谐的音符，太不协调了。还是随大流吧，独树一帜，太显眼。与其让别人批评，还不如让自己先改正。走廊没人打扫，他占领了这块阵地。

海涛，这点楼梯，我捎带了吧，反正得上下来回洗拖把，章大强想吞食贾海涛的地盘。

贾海涛眼一竖，都让你干了，我干什么？我说革命战友，给我留点自留地，也好让我早上不至于没手抓痒。

章大强一想也是，大伙儿都在动，有一个不动的，多难受。得了，走廊也不短，来回拖几遍，时间就打发过去了，做多做少是次要的，关键是做了。

怎么？放弃英语那块阵地了？我劝你别丢，说实话，像我这号人也想说几句英语，可临了一个洋屁也挤不出来。噢！我知道了，干巴巴地找地儿死记硬背效率不高，你是借着干活在背吧？这方法好，干活、学习两不误，相得益彰，这法子也只有你贾海涛想得出来，不愧是你贾海涛，高，实在是高哇！

别逗了，班长那天的火还不够大吗？你又不是不知道？

这就是你不对了，他发火怎么啦？他是因为你会英语，他嫉妒了，别听他的，你小子的东西是你自己的，别人一句话，毁了你的前程，不划算。班长这人只知道在训练场发疯，他天生属于训练型动物，训练场是他爹是他娘，你是什么？你是人才。

什么鸡巴人才？这是在部队，你以为在哪儿？部队有部队的招数，披羊皮的狼混在羊群里，它终究是狼不是羊，不合群赶不上趟。

只要是人才，在哪儿都有用，不是说金子在哪儿都闪光吗？现在的部队，不兴过去那套人海战术了，也讲知识讲高科技了，只不过这是新兵大队，一切从头开始，是打基础的时候，待从这儿出了炉，还得靠知识去拼。

不错哇，打基础，我英语学得再好，基础一点也没有，还是不管用。班长的话，我想过，虽说有些难听，但道理还是有的。

现在我是个兵了，所以先得有兵样，当兵的，不做兵的事，那还叫啥兵？在部队不是个兵不是好兵，怎么说也没理儿。英语先放一放，也不会变味儿。既然当了兵，先当个好兵再说吧，谁叫咱自己想当兵的呢？

说着说着，贾海涛分不清是对章大强说的还是自言自语，他看了看自己身上的警服手中的拖把，有些动了情绪。灵光一现，全身的穴道猛然全打通了。兵，我是兵哪！

兵又怎么了，难道擦窗户扫地拖楼梯就是兵该干的活儿？

那你不是也在干吗？

问得好，我是在干，但我干得和你不一样。

穷吹你吧！以前你早上干什么去啦？打拳扎马步，现在抢着拖把伺候走道。

没错！不过是我不想冒尖罢了，你要知道，一个人在群体中如果有特色，并不是一件好事。

这和你打拳有什么关系？

关系重着呢！噢，你们都在打扫卫生，我去玩武术，那不是秃子头上的虱子——明摆着。整个新兵大队就一个新兵在操场某个角落舒腿展腰，人家还不把你当猴看？班长、干部就要犯嘀咕了，这新兵想哗众取宠，哎哟，我的妈啊，这罪我受不了。行了，和广大人民群众打成一片吧，大家都做一样的事，就没人眼红了。再说了，我去干自己的事儿，让你们在这儿艰苦，我也不忍心，我干一点，别人不就能少干一点，战友、战友，亲如兄弟嘛！

前半部分我赞同，后半部分你说的不是真心话。在咱这新兵大队，谁好像都指望别人懒一点，少干一点，当然我指的是你我一样的新兵。不过，我看有些人恨不得把所有的活都留给他一个人干。

说得也是，不过，咱们都不得不承认，咱们都变了，尽管理由不一样，过程不一样，但结果一样噢。

是啊，不变不行，不变也不对，毕竟这是部队，毕竟我们生活的环境发生了变化。人嘛，总得学会适应。

不适应，也没办法哟！

台阶上有一块黑乎乎的东西，贾海涛用拖把搓了又搓，就是搓不掉。这么顽固？就这么一点儿，谁也注意不到，算了吧，贾海涛想放弃较量。

不行，非把它搞掉不可，贾海涛一手扶着拖把蹲下来用另一只手抠，黏糊糊的，妈的，谁嚼的口香糖？吐也不知道找个地方吐，简直就是随地大小便。他大拇指和食指用力，终于把这块黑乎乎黏糊糊盘踞在台阶上的口香糖从台阶上赶到了簸箕里。贾海涛长长地嘘了一口气，往班里走时下巴戳着了天，像做了一件惊天动地的事一般。

洗漱时，贾海涛含着满嘴牙膏沫，吴加林，口香糖是什么滋味？

有生以来，贾海涛从没尝过口香糖。吴加林总是剥一片放在嘴里像老牛吃草似的死嚼，贾海涛看着恶心，吃就吃呗，嚼有啥劲。

问这干吗？弄一片给你尝尝。想吃，还会拐弯儿，这可不是你贾海涛啊，吴加林边倒洗面奶边说。

贾海涛知道吴加林这把式是光说不练，便有意急他，谢了，让你破费了。说完，便伸出一只手。

没带，放在班里，待会儿给你。其实，这口香糖也没啥吃头，听人家说，口香糖里有口胶，对身体害处大着呢。吴加林的脸上涂满洗面奶。

说得也是，吃口香糖害处还真不少，贾海涛想起了那黑乎乎黏糊糊的东西，哇的一下，吐出一大口。

吴加林用凉冰把脸上的洗面奶洗净，你啊，真是土包子，连牙都不会刷。

打饭哨响了！

贾海涛本想臭吴加林几句的，一看时间来不及了，毛巾沾了点水，收拾起牙具，边往班里跑边用毛巾在脸上抹。

唉！早上的时间，稍稍放松一下，干什么都像紧急集合。

第二十二章

兵们出现在大街上，是一簇流动的橄榄绿。

经过一个小时的颠簸，到了市区，兵们右肩扛扫把或铁锹，水壶左肩右携，头顶迷彩帽，身穿迷彩服腰扎武装带脚穿迷彩鞋，步伐整齐，歌声响亮，指挥员每隔一会儿，就起头唱歌。

经过一个路口，指挥员下口令左转弯。

武警叔叔好！

一声童音传到兵们耳中。

兵们一首歌刚喊完，正在生产唾液润嗓子。这童声让他们阵脚大乱，队列里出现了超低音的骚动，脚下的步子也失了分寸。

一二一，指挥员下口令调整步伐。

如同闪电一般，队列又成了原先的队列。不同的是，兵们个个脸上兴高采烈，下巴微抬，胸脯挺得老高。步伐更加整齐，落地有声。

劳动内容是在一段新开的路边挖埋管线的坑道，每个班的长度都是一样。

咱班不能落在别班的后面，班长夏奇寒往手上吐了口唾沫，双手搓了搓，抓起铁锹第一个干起来。

这动作，唐志刚看起来特别亲切。父亲挖地前，也做这个动作，村里人干活前都爱做这个动作。

时常有行人赞叹道，部队就是不一样，看这些兵干起活来真卖力！

有了这话，兵们的劲头更大。

白小柱没干过这活，手里的铁锹怎么也不听使唤，满头大汗，也没挖多少。等掌握要领后没干多会儿，他右手磨出了一个大血泡。但他没声张，忍着痛继续干。血泡磨破了，他掏出白白的手帕一扎还在干。

我喜欢部队，白小柱对一旁的陶有财说。

喜欢部队啥？

部队干什么事都像打仗一样，你看咱们刚才来时，要是老百姓，稀里哗啦地就来了，扫把铁锹想怎样拿就怎样拿，我扛铁锹时，总觉着肩上不是铁锹，而是一支钢枪，多威武啊，这种感觉没当兵前从未光临过。就凭这一点，我就可以大声地说，部队，我爱你！我真想站在路中间，高举双臂高呼，部队，我爱你！

那你去啊，这倒是一个新鲜的表白。

不能去。

怎么不能去？

行人不说我傻帽，班长也得训我神经有毛病。

唉！人啊，什么时候能想干什么就干什么，那多好。

有财，你想干什么啦？思想长毛毛虫了吧？

没有，我只不过是有感而发。其实我和你一样，也有这种颇为新鲜的表白冲动。当然，我的感受和你不一样，刚才那个小孩的一声武警叔叔好，让我好感动。在家时，人人喊我小名，出来做生意，要么是小蛮子，要么是小老板，这些称呼都是为了与别人有所区别，对，就是代号，几乎没有一点感情成分。听到武警叔叔好，不瞒你说，我差点掉眼泪，多好听啊！武警叔叔好，这声音纯得很，没有一点杂质。总认为自己还是个小孩子，听这么一叫，我意识到我长大了。当然，这有警服的功劳，没有这身警服，我西装笔挺地走在大街上，不会有人无缘无故喊我叔叔好。穿上警服，我们就长大了，就应该长大了。

是啊，谁说不是，我听了也高兴得要死，武警叔叔好，真好听！

好听？好听的你们还没有听到呢！夏奇寒神秘地一笑。他们的谈话，夏奇寒已听了一会儿。手下的新兵，心里有了开始对兵的爱恋，尽管动因幼稚，但毕竟迈出了可喜的一步。他暗自高兴。

还有好听的？白小柱不相信。

夏奇寒看到白小柱的右手，白白的手巾已被渗出的鲜血浸染，手咋的了？

没事，破了点皮，白小柱把手藏到了身后。

给我看看，夏奇寒一把抓住白小柱的右手，他细心地打开手巾，只见虎口处一大块皮被掀起。都这样了，还说没事，夏奇寒心疼地说。

白小柱一笑，真没事，磨烂了点皮算什么？班长，你应该批评我，要是在家干过活，也不会这样，我这是在补课。说真的，在家别说是这样，就是手被轻轻地挤一下，我也会念叨好几天。怪了，今天，我倒觉得很舒服，我真的怕疼，但今天这疼疼得舒服。

陶有财夺过白小柱的铁锹，你别干了，你的活，我来替你干。

不行，轻伤不下火线，我这还不算伤呢。白小柱眨了眨眼，班长，你还没告诉我们呢。

夏奇寒掏出自己的手帕要重新替白小柱包扎，手帕是浅粉红色的，有淡淡的玫瑰香。这还是小对象送的，他一直未用过，只是带在身边，有空时拿出来看一看，闻一闻，对他来说，这手帕珍贵着呢！

白小柱的手碰到粉红手帕像触电一样缩了回去，眼里一热，班长，你这手帕比我这只手还值钱。

屁话！哪有你这样比较的，把手伸过来，夏奇寒说，你咋跟个娘们似的，手帕没了，可以买嘛！

陶有财打起圆场，我也有手帕，来，用我的。

手帕的一面有点脏，陶有财打开了手帕，用不脏的一面叠成长条，逮过白小柱的手快捷地包扎起来。

好了，搞定了，我的包扎技术还可以吧？！陶有财嬉笑道，班长，给咱们讲讲你那小对象。

小对象，那是我的，你想揭我的个人隐私啊，现在这玩意可畅销着呢，夏奇寒说，噢，你小子想套出我的隐私，拿出去卖钱呀！

陶有财双手一摊，班长，你冤枉我了吧，倒腾点衣服什么的，我会。这隐私要卖，得先写出来啊，我哪有这文字水平，我就是想卖，也出不了手啊。

小对象的事，你们感兴趣，我知道，但本人有权不说，还是告诉你们比武警叔叔更好听的吧。

什么？陶有财、白小柱异口同声。

等你们当了老兵，就有人会喊你们武警大爷，武警爷爷了。

班长，你真会开玩笑，咱这么年轻，还能有人叫咱爷？

有，有的，不过，不是好人，是坏人，坏人栽在我们手里，动不动就叫武警大爷。

白小柱说，叫武警叔叔，是爱慕。叫武警爷爷，是害怕。好，好，全都有了，真好。

那我得赶紧当老兵，抓几个小毛贼，试试有人叫我爷爷是啥滋味，陶有财两手握拳。

想想可以，不过这会儿要紧的还是干活，夏奇寒说，白小柱，你最好不要干，要干，也得小心点。

劳动结束后，许多新兵都和白小柱一样挂了彩，但个个春风满面。歌声比来时更嘹亮。

吃饭时，一个个狼吞虎咽，转眼间，装饭的桶就见了底。炊事班长到了饭堂，一脸的歉意，实在对不起，饭不够，是我的工作失误，大家稍等一会儿，面条马上就送上来。兵们笑了！这是有史以来，饭堂里第一次回荡着笑声。炊事班长整了整厨师帽，拽了拽围裙，自感不是因为自己穿着不慎让兵们哄笑。这帮新兵，笑什么呢？有什么好笑的，他不解地摇摇头走开了。

面条上来，兵们一拥而上。

章大强拍拍肚皮，面条真好吃，我还想再弄一碗。

你吃几碗了？唐志刚一瞄他的肚皮，至少两碗吧？

章大强一拍腆起的肚子，两碗米饭，三碗面条外加半碗汤。

你还吃呀，再吃肚皮可就要爆了，唐志刚做了个爆炸的手势。

你也没少吃呀，还说我哩，章大强反击道。

白小柱双手贴在肚子上，大家都没少吃，哎，怎么说的呢，对了！肚子不饿，不知道饭香，多干活，多吃粮嘛！现在我才发现，劳动劳动出点力，蛮好，最起码能使胃口大开。在家时，我从未吃过这么多过，要是说给我妈听，非把她吓死不可，瞧！上午干了半天活，咱们都成了大肚汉，哈哈！一群大肚汉。

午休时分，大队卫生员抱着药箱挨班巡诊时，大多数班里的新兵都像笼子里老虎一样在宿舍来回转圈。唐志刚坐在小马扎上，嘴噘得老高，左手的绣花针抖个不停。他在准备挑右手的血泡。试了好几下，都没下得了手。血泡有黄豆粒那么大，紫黑色，幽幽地发光。

一个小鸡巴血泡还要费这么大的劲，一针扎下去，把血水一挤就齐活了。你手上拿的又不是匕首刺刀，章大强亮开自己的手掌，我就没你们这些鸡巴事。他双手有厚厚的老茧，这是和篮球打交道的报酬。

鸡巴，深刻，章大强，你这“鸡巴”两字说得太深刻了，唐志刚下了决心。

唐志刚，看来你也是农村里的城市人啦，怎么？这一点活就让手上长泡了，章大强说。

这倒这不是，在家农活做得不少，可这种重活几乎不怎么干。唐志刚说的是实话。挑个猪草割个羊草提桶水什么的，干得特欢。重活，家里人不让干，说是他正是长身体的时候，累着了身子骨，一辈子都会蔫。农村人把身体看得十分宝贵，没这宝贵资源，农活怎么干？

巡诊啦！大队卫生员到了七班，有啥毛病没有？

班长好，兵们立正问好。

大队卫生员说，我好不好无所谓，关键是你们好，你们都好，我才能好，你们不好，我这卫生员就什么都不好了，说说，谁有小毛小病的。

班长，我胃痛，有好药吗？陶有财装着痛苦的样子。

卫生员抱怨道，好药？大队这点医疗费还能买好药？你将就点吧，不过，药虽贱包能让你胃不再捣乱。

算了，算了，陶有财取来挎包往床上倒，好药我有的是，我自己给自己当医生吧。

他这是有意在捉弄卫生员。入伍离家时，他专门到医药商店买了五六百块钱的好药，治感冒的药、治胃痛的……常见病的都备齐了。

这号兵卫生员见多了，借机摆阔，给自己装面子，他有意惊讶道，哎哟，哎哟，这么多好药哇，真有你的。

这才多少，我大包里还有呢，陶有财抖着身子，我一个人的药就够开个卫生所的了。

卫生员看着白小柱的手，好，我这卫生员该让位了，来，新上任的卫生员，把这只手包扎一下。

没问题，没——，陶有财一想，自己药虽多，可没纱布啊。

卫生员扑哧一笑，没戏了吧，好药是好，可也不能治百病吧。纱布没有，消炎粉没有，紫药水没有，这手你就束手无策，兄弟，有点钱，但还是省省吧。

陶有财被戏耍了一番，直拍脑门，唉，遇着高人啦。

卫生员替白小柱包扎好手，唐志刚的针还没有刺进血泡。

这样太不卫生了，卫生员夺过唐志刚手中的针，这是什么，这是缝衣服的，用火烤过吗？

唐志刚摇摇头。

就是啊，这样很容易感染的，卫生员说，我向大队长建议过，给你们上堂卫生课，可惜，计划流产了，看来，这课还得上，都说现在的新兵牛皮着呢，没想到，这点小常识，你们都不知道。

唐志刚说，我们那儿都是这么干的，有些人破了皮，有个小伤口什么的，弄点干土一抹，照样结疤。

你那是哪儿？

唐志刚说出了他的家乡。

卫生员说，农村，封闭的农村，医疗条件太落后了。你现在是在部队，你的健康归我管，来，我替你处理。

唐志刚别无选择地伸出了右手，还是有些发抖，尽管他想努力控制。卫生员用酒精球把血泡擦了擦，取出一根银针，扎下来，暗红色的血流了出来，唐志刚觉得手像被蚂蚁咬了一口。这皮不要撕，等里面的皮长好了，它会自行脱落的，卫生员挤尽血后，涂了点紫药水。

谢谢班长，唐志刚心想，这么一点疼，刚才自己怎么就不敢下手呢？

甭谢了，我干的就是这活儿，卫生员愉快地说。

夏奇寒回来时，下午的操课已快开始了。

这天，说变就变，上午还是暖洋洋的，现在外面的风跟刀子似的，夏奇寒跺跺脚，下午队列训练，多穿点衣服，把手套都戴上。手套是大队统一买的，一人一双，是棉纺的那种。从批发市场劳保用品专柜批的，九毛钱一双，既便宜又暖和，戴不戴，看天气，冷时，统一戴，你不怕冷也得戴。

班长，我的手套洗了，吴加林说。

洗了？谁叫你洗的，夏奇寒说，把我的手套戴上。

吴加林不要，那你呢？班长！

夏奇寒发火道，叫你戴你就戴，哪有这么多废话，给，戴上，戴上！

唐志刚的手套也洗了。上午劳动时，一不小心搞脏了，一看天上的太阳有些旺，他就洗了。但他没对班长说。

天是贼冷，风是罪魁祸首。呼吼的寒风对操场上的兵发起猛攻，兵们身上的棉衣是最好的防卫武器，抗寒能力极强。棉袄棉裤里的棉花，全是全国最好的棉花——特级品。军用品的质量是绝对过关的。假货横行，假货泛滥，现在的社会，连人都有假死的，还有什么假不做？但真正的军用品，并没有受到假货的侵略，这也许是假货迄今为止唯一没有攻下的一个山头。如此高质量的军用品套在身上，寒冷奈何不了。可暴露在外的脸、手，就没这么幸运了。

队列里的唐志刚部分知觉已被冷冻。刚刚来回练了好一会儿跑步，爱淌脚汗的他，迷彩鞋面上已渗出汗迹，动时热乎乎暖烘烘的，现在是持久练习，不动了，好像是光脚站在雪地里。最遭罪的还是脸和手，无数把刀子肆无忌惮之中不乏野蛮地左割右剜。两只耳朵呢？没感觉，是不是被风刀子给吹掉了？他不敢想。大冷的天，耳朵被冻掉的事，他在书中看过。难道？难道今天也倒上这霉了？没了耳朵，两只耳朵没了，那模样多丑，日后讨媳妇都会成为巨大障碍，兴许一生的幸福就会毁在没了耳朵两边光光的脑袋上。怎么办？用手摸摸！不敢，班长说，持久练习要有定性，不允许动，谁乱动罚谁。不罚也不能动，这点队列纪律都不能遵守，这兵还当什么？唐志刚终究没动。当然，就是想动，他也动不了。手不听招呼了，唯一能感觉到的是中指紧贴着裤线。唐志刚啊，唐志刚，你爱什么干净，手套脏就脏了，只要暖和就成，现在惨了吧，该勤快时不勤快，不该勤快时瞎勤快，发哪门子疯？自讨苦吃，自讨苦吃！

冷不冷？大队长站在唐志刚面前。

唐志刚浑身发热，胸脯一挺（他的胸脯已经挺得很高了），报告，不冷。

大队长眼一瞪，屁话！

我，我——

不冷是假，不怕冷是好样的。

是，冷，但我不怕冷。

这还有点兵样，大队长满意地点点头，但脸上仍然没有一丝笑容。

谢谢大队长夸奖，唐志刚真是聪明了得，他及时捕捉住大队长随口说出的话。经他一谢，大队长的表扬就名正言顺了。瞭望整个大队，得到大队长亲口夸奖的能有几个？黑板报上的光荣榜，只是一个没有生命的名字，表扬没有任何活力，亲口表扬，就不同了，面对面，会有一股暖流潜入血液。

大队长嘴角动了动，有点微微笑的表情，小家伙，小机灵鬼。

唐志刚不好意思地笑了。

哎，你的手套怎么了？大队长注意到唐志刚的手套有异样，用手一摸，硬得像冰。

大队长拉起唐志刚的手摘下手套，说你什么好，你这兵真是傻了，湿乎乎的手套在天气里能不冻上吗？你这戴手套远不如不戴。来，戴上我的。唐志刚想抽回手，但大队长一手抓住他的手腕，力量特别大。

继续练吧！大队长又到别的班去巡视了。

唐志刚眼眶潮乎乎的，牙齿咬了又咬，眼泪才没有掉下来。下课后，他到大队部把手套还给了大队长，谢了又谢之后，大队长和他拉了会儿家常。手套，真是个好东西，唐志刚第一次和大队长有了正面接触，并打了良好的基础。出门时，他步子特别轻松。

小小的一双手套，从此印在了唐志刚的情感底片上，靠手套与大队长套上近乎，是一方面，更主要的是大队长在给他戴手套的那一刹那的感受，让他终生难忘。多年以后，唐志刚官至支队长，看到新兵到队，他都会想起那手套，想起大队长，虽然大队长已转业很多年了。一想，就想掉泪。新兵生活的风风雨雨，实在是太多，需要留住的记忆更是纷繁。然而，他印象最深，感受最深的还是大队长给他戴手套。

这天晚饭后，夏奇寒对贾海涛说，贾海涛你出去转转，我和大家研究点事。

大家，我不是大家中的一员？贾海涛想反驳，嘴皮子动了动，没说出口，班长让出去，还是听话的好，出去转转也不错。

贾海涛一人在操场上闲逛，双手插在口袋里，脚上踩到一块石头，就狠命地踢出去，没有方向，踢飞了就解闷。班长把我支出干什么？一个班九个兵，单单多我这一个，搞得像在召开秘密会议一样，什么大事？还是瞒住我的大事，难道在班长眼里，我是个不能参政大事的人？贾海涛心里的结子越打越多。

看《新闻联播》时，贾海涛忍不住悄悄地问唐志刚，刚才班长和你们干什么了？

看电视！唐志刚眼盯着电视屏幕。

嘿！咱是老乡哎，透露点消息，一点点，贾海涛大拇指掐在小拇指头上。

唐志刚头都没偏，班长不让说，看你急得跟猴子似的，一会儿你就知道了，给你透露一点吧，今晚不用出小操了，咱班有单独活动。就这么多，老实看电视。

半小时的新闻，贾海涛脑里没装一点。幸亏点评时没喊到他。

魂不守舍的贾海涛坐在小马扎上，盯上门上的拉扣眼眨都不眨。

手把有些锈蚀，斑斑点点，像小姑娘脸上的雀斑。不，应该是老年人脸上的老年斑。这新兵大队的营房，这门这拉手，看模样比自己的年龄还长。沧桑的胸怀里揽抱的是一群血气方刚的新兵。几经风雨，已经衰老，却能锻造出钢筋铁骨的警营男儿。是啊，这么多年来，不知道有多少和自己一样的新兵从这房里走出，走向了警营的热土，再走向了天南海北。忽然间，贾海涛想，要是能找到每一位在这房里待过的人，把他们再召回来，重新聚在这房里，那会是一种什么样的情景？都说铁打的营盘，流水的兵，挂在嘴边没知没觉。坐在这房里，死劲想一想，酸甜苦辣，就全有了。何止兵是流动的，人，所有的人都是流动的。人们常说永恒，什么东西能永恒？一切都暂时的，无数的暂时积聚成永恒，永恒之后，又是一个个暂时。静止根本就不存在，流动才是永恒的。从故乡的老屋到新兵大队的老营房，只是一种暂时过渡到另一种暂时，个把月后，自己就得离开这儿了，到另外一座老营房去，然后呢？然后呢？……然后真是太多了，也是虚无缥缈的，还是抓住今天吧。过去的，不会再回来，人的一生只有一次军旅生涯，军旅生涯之中也只有一次新兵生活。认认真真地过，不让自己后悔。这是一段纯真的生活，好像一个人的童年。童年！童年我还有父母，贾海涛想起了埋在黄土里远在天国的父母，心里咯噔一下。

忽然间，屋里一片漆黑。贾海涛眼前的手把不见了，游走的思绪又归队了。停电的事，新兵大队不常有。每一次停电，兵们都欢呼，黑暗隐去人的面目，置身于黑暗之中，少了许多顾忌，可以让某些冲动横行。混浊的世界，真可以让人露出本性。这会儿没有一点声响，贾海涛只听见自己的呼吸声。这是新鲜事！

门外有了光，由弱到强，摇摇晃晃，光成了醉汉。

夏奇寒双手托着一只大蛋糕，烛光映着他祝福的表情，不知是谁把桌子搬到了屋中间，兵们双手打起祝你生日快乐的节拍，动情地唱起祝你生日快乐。

烛光，歌声溢满了整个屋子。

夏奇寒放下蛋糕，贾海涛，今天是你的生日，我代表全班战士祝你生日快乐。

生日蛋糕上插着十九根红红的蜡烛，红红的奶油组成了“贾海涛生日快乐”几个字。

生日？我的生日？贾海涛喃喃呢语。

是啊，十九岁生日，夏奇寒点点头。

贾海涛满脸的肌肉抽颤不停，眼里含着泪花。

蛋糕，他听说过，但没看过，更没吃过。生日，对他来说也只是一组数字。在他的记忆中，他从没过过生日，同村的小孩过生日，他就掉泪。十岁那年，村里有个和他同年同月同日生的小孩过生日，父母亲给孩子买新衣，请吃喜面。他去了，喜面吃了两口，他就跑了。他跑到父母的坟头，跪着双手趴在坟上脸压着杂草，号啕大哭。不知哭了多久，他睡着了。村里人找到他时，哀怜说，这孩子，又想着爹妈了。

海涛，许个愿切蛋糕吧！白小柱催促道。

许愿？许什么愿？贾海涛幽幽道。

白小柱说，双手合十，闭着眼睛想自己最想做的事。

贾海涛顺从他双手合十，眼睛紧闭，嘴皮颤动，手抖动。

唐志刚递过一把水果刀，切吧。

岂料，贾海涛没接，一个立正给大伙行军礼。动作不标准，本应并拢的大拇指张开着，手掌过于外露，手腕没有挺直。平常练敬礼时，他常被班长纠正，可就是改不过来。闲着没事时，有人就学他的敬礼动作逗笑。

夏奇寒没有见错就纠。兵们一片默然。

贾海涛敬完礼后，伸手把蛋糕上的蜡烛一下子拔出十八根，蛋糕上只立着孤零零的一根。

扑通，他转身一跪。方向正对着他的家乡。

爹——，娘——

凄怆的呼喊，使兵们不由地打起寒噤。

他抽泣着说，我过生日了，大伙儿给过生日了。

起来后，他用袖子擦干了泪水和鼻涕，拿起刀准备切蛋糕。

章大强一拦，海涛，怎么就一根蜡烛了？

别问了，海涛吹灭蜡烛再切，唐志刚说。

贾海涛说，一根，只能是一根，有生以来，我第一次过生日，就该是一根。

切吧，海涛，夏奇寒说。

一块蛋糕切成十块，其中有一块大的，贾海涛捧给夏奇寒。

不，今天你过生日，这块该你吃，夏奇寒挡了回去。

大伙儿跟着说，吃吧。

贾海涛咬了一口，眼泪又下来了。泪水、蛋糕一齐进了口。蛋糕是甜的，泪水似乎比蛋糕还甜。

夏奇寒带头，大家一人给贾海涛送了一张生日贺卡。这些都是事先准备好的，每张贺卡上的话都是情感的结晶。

今天晚上，我将终生难忘，这些贺卡会伴我一生，谢谢你们，谢谢你们，贾海涛望着祝福的词语，沐浴在大家祝福的目光之中。

夏奇寒搂住贾海涛的肩膀，可别这么说，我们都是兄弟，部队就是咱们的家。

多年后，唐志刚写过一篇有关新兵连的文章。

对于军人而言，新兵连充满魔性。

老百姓与军人之间隔着一条河，新兵连是一座飞架两岸的桥。用部队的行话说，新兵连的功能在于实施由普通老百姓到合格军人的转变。

新兵把乡恋憧憬打进背囊步入新兵连，展现在他们面前的是一个在想象中在梦里也许很熟悉但现实却极其陌生的世界，大多有些茫然，不知所措。新兵连里的新兵个个都是傻模傻样的，与此脱不了干系。“记住，到了新兵连一天二十四小时不再属于你们。”班长的这句话如一记重棒打得兵们灵魂出窍。一日生活有安排有节奏，但愣是紧张得要死。早晨刚醒来没从梦中走出，该死的出早操的哨音响了，歪戴帽子武装带挂在脖子上趿着解放鞋边跑边扣衣服，往往还是晚了。回来叠被子打扫卫生后，端起脸盆准备洗漱，那儿又开始站队吃饭了。美好的清晨简直是糟透了。与时间赛跑，是新兵必备的基本功，就连上厕所大多也得一溜小跑。

新兵连是一个加工厂，残酷无情地粉碎兵们的自我，生产标准的军人。前途光明诱人，过程却令兵们心惊胆战。训练场上，煎熬打磨肉体的同时，更多的是鞭打意志。

老百姓的习性与军人应有的素质无休止地挤压、拼斗、撕咬，汗水、苦痛和泪水腌出了兵味。当然，泪水的成分里总少不了思家恋亲和对小对象缠缠绵绵的回忆。偏巧，在新兵连还有春节这样一个坎儿逼着新兵跨越。新兵连这种对肉体和精神的双重折磨，使兵们或多或少都有胜利大逃亡的念头，半月没下来，大家都在对下部队的日子实行倒计时。

新兵连是盛产笑料的丰沃土壤。在桥上摇摇晃晃跌跌撞撞的新兵，又都是出色的喜剧演员。不需要舞台，不需要排练准备，随时随地都有新兵在无意和不情愿中登台亮相。训练走神、做错动作、走路同手同脚、在厕所里边撒尿边向领导敬礼、紧急集合鞋子穿反了裤子套错了等等。虽说有些笑声是苦涩的，但总能按摩按摩绷紧的肌肉和思维。

人的一生都有童年时代，新兵连就是军人的童年时代。新兵连是每个军人营区生活的第一站，也是他们记忆最为清晰，日后回忆谈论最多的话题。苦痛已被时光冲淡，那些当初自认为尴尬丢人的笑料，已成为温馨的最值得珍藏的细节。

新兵连的魔性在于，在新兵连时几乎人人诅咒新兵连，一旦离开了，留恋却随着时光的流逝日益茁壮成长，但真让他们再回到新兵连，又没有几个乐意的。

图书在版编目（CIP）数据

新兵 / 北乔著. -- 北京 ： 中国文史出版社，
2020.10

（实力榜·中国当代作家长篇小说文库）

ISBN 978-7-5205-2360-8

Ⅰ. ①新… Ⅱ. ①北… Ⅲ. ①长篇小说－中国－当代
Ⅳ. ①I247.5

中国版本图书馆 CIP 数据核字(2020)第 190274 号

责任编辑：全秋生

出版发行：中国文史出版社
地　　址：北京市海淀区西八里庄路 69 号　　邮编：100142
电　　话：010－81136602　81136603　81136606（发行部）
传　　真：010－81136655
印　　装：北京温林源印刷有限公司
经　　销：全国新华书店
开　　本：787×1092　1/16
印　　张：14.75　　字数：230 千字
版　　次：2021 年 1 月北京第 1 版
印　　次：2021 年 1 月第 1 次印刷
定　　价：49.80 元